J.B. TURC

Réalité
ou
Rêve

MOT DE L'AUTEUR

Chers lecteurs et lectrices j'espère qu'avec ce deuxième tome vous continuerez à apprécier mes aventures autant que j'ai aimé écrire ces lignes.

*_*_*_*

PRÉSENTATION DES PERSONNAGES

Magalie Reynolds : Travaille dans un musée en tant que conservatrice. Elle attache ses cheveux en fonction de son humeur.

Jean Benoit Jackson : Grand ami de Magalie. Loyal envers ses amis et grand aventurier de par le monde.

Benji : Fidèle compagnon de JB depuis de nombreuses années. Son odorat est plus développé que la normale.

Gladys Phips : Patronne de l'auberge du village de San Lorenzo. Yeux noirs, approchant la cinquantaine.

Maria Phips: Sœur de Gladys plus âgée de quelques minutes que sa jumelle.

Susan Dunlop : Enquêtrice dans le paranormal. Travaille dans l'auberge du village de San Lorenzo. Brune aux yeux verts.

4

Les trois Frères Thomas :
Clément, Jean-Louis et Paul, une fratrie soudée comme le roc.

Arthur Johnson : Barman dans le bar Los Amigos du village de San Lorenzo. Ami de JB et Magalie

Gia CASSA : Médecin du village de San Lorenzo qui porte costard cravate avec une barbichette et des lunettes.

Dopavani Léandra : Fille de Maria Phips.

Alexandro Westwood : descend d'une longue lignée de trafiquants en tout genre.

--------*----*----*----*

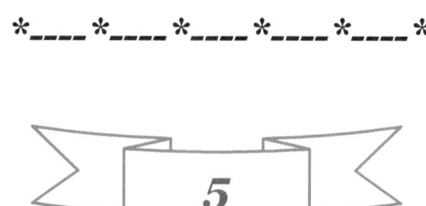

CHAPITRE   O

RÉSUMÉ DU TOME 1

Nous revoilà pour la suite de nos aventures. Voici ce qui s'est passé dans le premier tome :

Magalie, mon chien et moi nous sommes partis de France en direction du Mexique. Au premier abord je suis un aventurier genre Indiana Jones en plus moderne. Je ne suis pas un pilleur de tombes. Toutes les reliques que je rapporte de mes voyages appartiennent à des collectionneurs amateurs, ou bien je les ai achetées dans des brocantes. Il faut dire aussi que je voyage beaucoup de par le monde. Magalie m'accompagne dans ce voyage en tant que conservatrice de musée. Lors de notre périple nous avons vécu de nombreuses aventures et nous avons rencontré différents personnages très pittoresques. Nous avons entre autres fait la connaissance de Mr Alexandro Westwood maire d'un village voisin de San Lorenzo et la triste histoire de son frère. Nous avons affronté mille dangers, découvert une grotte et des souterrains, traversé plusieurs villages pour arriver finalement à l'auberge de Mme Phips. Un mystère plane dans cette auberge depuis notre arrivée. Nous sommes bien décidés à l'élucider et à trouver la véritable identité de Mme Phips. Pour cela nous n'hésitons pas à faire croire que nous sommes malades pour ne pas l'accompagner chez sa cousine.

*____*____*____*____*____*

CHAPITRE 1

Sr Gia CASSA

Quelques instants plus tard Magalie ouvrit la porte de notre chambre. Nous nous sommes retrouvés devant un homme en costard cravate avec une barbichette et des lunettes.

- *Je me présente Gia CASSA médecin de Mme Phips. Elle m'envoie vous voir car vous lui avez dit que vous étiez malades.*
- *Bonjour Docteur, oui effectivement depuis ce matin nous sommes malades.*
- *Quel genre de symptômes avez-vous ?*
- *Nous sommes pris de vomissements avec un mal de tête persistant.*
- *Je vois, qu'avez-vous mangé ?*
- *Nous avons pris un café avec du lait et un jus d'orange.*
- *C'est le syndrome du mal de mer.*
- *Nous vous remercions pour votre diagnostic. On saura qu'il ne faut plus boire les trois ingrédients ensemble. Que pouvons-nous faire pour remédier à ces symptômes ?*

– *Je préconise du repos et prendre un médicament contre les vomissements. Vous devez éviter de boire en même temps les ingrédients que vous avez énoncés.*

– *Merci, Je suppose que nous pouvons trouver ce médicament dans la pharmacie de l'auberge.*

– *Non je ne pense pas, mais demandez à Miss Dunlop.*

– *Bien, Nous voudrions savoir combien on vous doit ?*

– *Je vais dire à Mme Phips de le rajouter sur votre note. A bon entendeur, je vous souhaite une bonne soirée.*

– *A vous aussi et merci docteur.*

Sur ce, il repartit en nous laissant nous reposer. On avait à peine refermé la porte qu'on frappa à nouveau. Qui ça pouvait être ? Pour en avoir le cœur net je dis « entrez ».

- *Bonsoir à vous deux. Je viens voir si tout va bien.*
- *Bonsoir Susan intervint Magalie*
- *Je viens de croiser le médecin qui m'a informée que vous aviez été malades toute la journée.*
- *Ne t'inquiète pas on a simulé... viens entre, on va te raconter.*
- *Ah tant mieux, je suis soulagée de le savoir.*

Une fois notre récit terminé, on demanda à notre enquêtrice de nous couvrir auprès de sa patronne. Susan accepta sans une hésitation. Puis elle prit congé en nous disant :

- *Je vous retrouve un peu plus tard et je vais essayer de dénicher le médicament.*
- *J'espère que tu pourras le trouver.*
- *Comme l'a dit Magalie ça permettra de justifier notre alibi auprès de la maîtresse de maison.*

On resta seuls dans notre chambre à attendre le retour de notre amie Susan. Le temps passa et on finit par somnoler. Au bout d'un certain temps qui nous parut une éternité on refrappa à la porte. On se retrouva nez à nez avec le majordome.

> – *Je vous informe que vous êtes convoqués pour le repas du soir.*

Je regardai Magalie du coin de l'œil et je dis :

> – *On a été malades toute la journée. Et nous attendons un médicament que le médecin nous a prescrit. La suppléante de Mme Phips devait nous le remonter.*
> – *Je suis bien au courant de cela. Miss Susan Dunlop est partie vous le chercher car nous n'en avions plus dans la pharmacie de l'auberge.*
> – *Vous pensez qu'elle reviendra bientôt ?*

– *En attendant si vous voulez bien me suivre, le cuisinier a préparé un repas spécial pour vous.*

*____*____*____*____*____*

CHAPITRE 2

LA COUSINE

*_*_*_*

Le serviteur de l'estaminet tourna les talons. En guise de réponse il nous donna 10 mn pour nous changer et descendre rejoindre Mme Phips pour le souper. Donc on ne se fit pas prier et quelques minutes plus tard on descendit les rejoindre au salon. Nous entrâmes dans une pièce bien éclairée par un lustre orné de faux petits diamants. Les murs étaient parsemés de tableaux à l'effigie des ancêtres de Mme Phips. On trouva les autres convives en pleine discussion autour d'une magnifique table en merisier importée de je ne sais où. Nous étions à peine rentrés dans la pièce que Mme la patronne nous regarda avec ses yeux noirs et nous interpela.

— *Bien bonsoir à vous deux. J'espère que vous vous sentez mieux ?*

— *Bien bonsoir à vous. Nous n'avons presque plus envie de vomir, intervint Magalie.*

— *Bien, prenez place*

Nous prîmes place sur de petites chaises mexicaines, embellies d'un tissu imprimé aux traits d'un personnage emblématique de ce pays. Le repas se poursuivit dans le calme et la bonne humeur. Bien plus tard dans la soirée nous fîmes la connaissance de Grace Mettony la fameuse cousine qui nous rejoignit pour le café et le pousse café.

    – *Café avec sucre ou sans ?*

    – *Avec 2 sucres.*

    – *Grace ajouta merci pour le café je monte me coucher. Passez une bonne nuit.*

Mme Phips nous apprit que cette cousine avait fait un long chemin à cheval et qu'elle repartirait dans quelques jours. Nous la trouvâmes fort sympathique. Mme la gérante nous la décrivit comme une personne qui se soucie des autres et est très proche de sa famille. On estima son âge, c'est à dire entre 40 et 50 ans. Ses longs cheveux sont couleur corbeau et ses yeux marron. Sur ces entrefaites on quitta la table et on dit bonsoir à notre hôte. On remercia Susan pour le médicament. Une fois sortis de la pièce je dis.

- Je te rejoins dans dix minutes il faut que je sorte pour que Benji se défoule un peu.
- Le pauvre, c'est vrai qu'il n'a pas eu sa ration de croquettes, intervint Magalie.
- Peux-tu aller les chercher, elles sont dans la cuisine.
- Dans la cuisine tu es sûr ?
- Oui, oui c'est Susan qui me l'a dit. Elle les a récupérées chez sa sœur qui a trois chiens.
- Bien mon adjudant, c'est comme si c'était fait.

Sur ces paroles je me retrouvai devant la maison et je recroisai la cousine.

- Vous êtes qui ?

- Mais madame on s'est vus tout à l'heure. Nous sommes les aventuriers du bout du monde.
- A fort bien, ne restez pas là, allez ouste, du vent... !

Je me retrouvai seul et je m'interrogeai sur l'attitude bizarre de la cousine, quand mon chien me sortit de ma réflexion.

- Oui tu as raison Benji il faut qu'on aille se coucher.

Un moment après, j'ai voulu tourner la poignée de la porte d'entrée. Elle resta bloquée et c'est là que je me suis remémoré les paroles du jardinier. « La porte de la Villa ne fonctionne plus très bien. Le mécanisme de la porte a plus de 100 ans et se bloque facilement ». Il m'a confié également que la serrure allait bientôt être réparée. Une fois remonté dans la chambre Magalie m'interrogea.

– *Tu as eu un problème ?*

Oui on peut dire ça. J'ai eu une conversation avec la cousine de Mme Phips. Je l'ai trouvée un peu sur la défensive. Elle a oublié que nous nous étions vus lors du dîner. Et puis j'ai bataillé avec la serrure de la porte principale et j'ai fini par l'ouvrir. Je veux bien croire que cette foutue porte d'entrée, comme me l'a souligné le jardinier, déraille un peu.

A moins que ... je me demande si ce n'est pas la cousine qui a bloqué le battant !

– *Je ne peux pas répondre à cette dernière affirmation, mais en tout cas, je me fie à tes impressions. Si tu penses que dans la famille de Madame il y a des personnes qui ont des troubles de mémoire, on pourra peut-être le vérifier dans les dossiers si on les trouve.*

Je la remerciai et je lui proposai que nous continuions notre discussion demain matin. Elle me répondit que ça lui convenait parfaitement.

--------*----*----*----*

CHAPITRE 3

LA DISPUTE

--*-*

Le lendemain à notre réveil on entendit la pluie. Les gouttes rebondissaient sur la toiture de l'auberge et ça faisait un drôle de tintamarre comme si un orchestre jouait de la batterie. Une fois le petit déj achevé, on alla se réfugier sous une tonnelle dans le jardin afin d'organiser notre journée. Cela ne faisait même pas 10 minutes que nous étions sous la tonnelle que la pluie redoubla d'intensité. Ce qui devait arriver arriva : on se prit une grande douche froide car la toile se déchira et déversa sur nous toute l'eau qu'elle avait accumulée. On se précipita dans la maison. Bien plus tard, on redescendit en maudissant le temps de chien que nous avions aujourd'hui. Après le déjeuner on se retira dans le petit salon. On trouva ce lieu tout à fait agréable. On resta quelques secondes à l'entrée du salon à observer les décorations, le piano et la table basse qui se trouvait à quelques pas d'un grand divan. On constata qu'il faisait la longueur de la fenêtre puis, on s'en rapprocha pour contempler la vue imprenable sur les montagnes et au loin on pouvait apercevoir un mausolée familial. Quand soudain on entendit éclater une dispute dans la pièce d'à côté. Les paroles claquèrent comme un coup de tonnerre.

- *Je te préviens si tu continues à dépenser tout l'héritage de ma famille, je vais voir la police.*
- *Tu ne feras pas une chose pareille.*
- *Je ne vais pas me gêner, je t'aurai prévenue. Je sais où tu planques tes documents compromettants et je les leur donnerai.*
- **Si tu vas voir la police tu auras de graves problèmes.**

Les orages passèrent et le calme revint dans l'auberge comme à l'extérieur. On en profita pour parler à voix basse.

– Nom d'une pipe en bois, sacrée révélation tu ne trouves pas Magalie ? Avec qui parlait-elle ?

– Je ne sais pas mais ça confirme que Madame Phips n'est pas d'ici et qu'il faut retourner d'urgence dans le passage secret pour essayer de mettre la main sur les dossiers avant qu'elle ne les fasse disparaître.

On retourna dans le grand salon pour que Magalie scrute les tableaux de la famille de Mme Phips et effectivement on remarqua, en faisant plus attention aux détails que les traits des personnes qui se trouvaient sur les tableaux ne correspondaient pas vraiment avec les lignes de son visage et qu'elle cachait bien son jeu. Nous en étions là de notre réflexion quand soudain on s'aperçut que quelqu'un nous observait. Mme Phips était réapparue dans le chambranle de la porte. En tournant la tête on croisa son regard. On aurait dit que ses yeux nous lançaient des fléchettes.

– *Vous avez besoin de quelque chose ?*
– *Non, non ça ira on vous remercie. On était en train de se dire que vous avez décoré votre auberge avec goût.*
– *A ce propos, il faudra remplacer la tonnelle qui est dans le jardin car la toile s'est déchirée à cause de la tempête, intervint Magalie*
– *Bien, j'en prends note. Je demanderai qu'on en rachète une autre.*
– *Vous savez à qui appartient le mausolée qu'on voit par la fenêtre du petit salon ?*
– *Oui à notre famille, pourquoi cette question ?*
– *Juste par curiosité, hier nous avons pris le café à côté. Nous avons admiré la vue et en le voyant on s'est demandé à qui il appartenait.*
– *Fort bien, je vous retrouve plus tard.*

D'un geste agacé elle fit demi-tour et repartit vaquer à ses occupations. Quant à nous on retourna dans le petit salon pour fouiner encore un peu à la recherche d'indices.

> – Il y a quelque chose qui me chiffonne. Pourquoi poser une statue de chien en dessous d'une petite table. Regarde le chien il a la patte levée.

> – Tu ne crois quand même pas qu'elle aurait mis ses dossiers ici ?

> – On peut tenter le coup, tu ne crois pas ?

> – Si, bien sûr.

Du temps que Magalie faisait le guet j'en profitai pour actionner la patte du chien. Un instant après on entendit un cliquetis. On resta sans bouger pour voir si le mécanisme allait ouvrir une cache, mais rien ne se passa.

Pendant ce temps de l'autre côté de la propriété, sur une des parois du mausolée apparaissait une mosaïque.

CHAPITRE 4

INCIDENT

*_*_*_*

Revenons à nos deux compagnons.

On laissa notre enquête en suspens pour le moment. On décida de sortir sur les marches et de s'asseoir pour nous aérer les méninges.
Benji partit à toute blinde après un chat. Le pauvre animal se réfugia dans un arbre. Ma réaction fut immédiate, je me levai d'un bon en criant :

> – *Laisse le chat tranquille. Reviens ici. Pas bouger.*

Mon chien m'écouta et revint vers nous en frétillant du postérieur. Il ne comprenait pas pourquoi on lui avait crié dessus. Pourtant on devrait le savoir en général les chiens coursent les chats. Enfin bref, sur cet incident on décida de récupérer le jeune chat.

> – *Il vaut mieux qu'on trouve un moyen de le faire descendre avant que Madame l'apprenne.*

– Je crois que j'ai vu une échelle dans la buanderie.

– Ok, allons la chercher.

C'est comme ça qu'on décida de se partager les tâches. Moi je pris la direction de la buanderie tandis Magalie partit chercher un coussin. De mon côté je croisai le jardinier, je lui demandai de m'aider à trouver l'échelle. Entre temps Magalie alla voir Susan pour lui demander une aiguille et du fil pour recoudre le coussin qui se trouvait dans notre chambre. Il faut dire aussi que mon chien l'avait un peu éventré à cause de son manque d'exercices.

Nous ne fûmes pas trop de deux pour trouver l'échelle dans ce débarras. J'espérais seulement quelle serait assez longue pour arriver jusqu'au chat. Je me retournai et je vis Magalie qui revenait avec le coussin et je lui dis :

– *Heureusement que le jardinier était là pour m'aider à trouver cette foutue échelle.*

– *Comment s'appelle-t-il déjà ?*

– *Señor Plata et pour toi ça s'est bien passé ?*

– *Pour moi aussi Susan a été d'une grande aide. On a dû faire ça en catimini pour éviter que qui tu sais ne l'apprenne.*

Ni vu ni connu je t'embrouille ... on fit descendre le chat sur le coussin pour éviter qu'il se casse les pattes. Puis on se dépêcha de remettre les objets à leur place. La matinée passa à toute vitesse. Il nous fallait élaborer un stratagème pour retourner dans le passage secret. Nous avons décidé de parler à Susan de notre plan, espérant qu'elle serait disponible. Au bout de 10 minutes de recherche nous la trouvâmes dans la cuisine. Elle commençait à préparer le repas de midi car le cuisto habituel était souffrant. On rentra dans une cuisine bien éclairée par deux fenêtres. Les éléments étaient bien disposés dans la pièce. Au-dessus de l'ilot central on avait toutes sortes de casseroles, de poêles et de louches. On retrouvait aussi un très grand frigo ainsi qu'un four version familiale. On s'excusa de la déranger et nous lui avons proposé de l'aider à quelque chose. Sa réponse fut immédiate :

> *– Oui je veux bien, Magalie tu peux éplucher les carottes, les couper en rondelles et les passer à la poêle. Quant à toi JB tu peux t'occuper des pommes de terre.*

Une fois le coup de collier en cuisine passé on prit le temps de savourer les légumes de la terre attablés dans la salle à manger.

____*____*____*____*____*

CHAPITRE 5

FRUCTUEUSES DÉCOUVERTES

*_*_*_*

Le déjeuner terminé je proposai de retourner voir le débarras. Pour essayer de trouver des objets qui nous seraient utiles dans le passage secret. On fouina pendant un bon moment puis soudain je mis la main sur une photo encadrée. Dans un coin un très vieux coffre-fort en forme de four nous attira l'attention. C'est alors qu'en retournant le cadre je découvris un document qui donnait la combinaison pour ouvrir le four.

  – Il y a quoi sur ce document ?
  – Il faut tourner les boutons de température jusqu'à entendre un bip

Donc si nous comprenions bien d'un côté nous avions une photo de Madame Phips avec deux bagues aux doigts et de l'autre le coffre-fort. Nous suivîmes les indications à la lettre. Un instant après on trouva la bonne combinaison. Je dis à voix basse « super » et le coffre fut enfin ouvert. On trouva un coffret en bois ancien orné de liseré d'or avec deux marques distinctes pour pouvoir l'ouvrir. On remarqua l'emblème de Madame Phips sur le dessus représentant un toucan comme on l'avait déjà remarqué dans le salon. Magalie m'interpela en me disant « 22 v'là les flics » Je pivotai d'un quart de tour pour apercevoir le majordome. On se planqua vite fait bien fait. Il était moins une qu'on se fasse pincer par la patrouille. Nous ne savions pas si l'homme de main était parti, mais je risquai une ouverture. Ouf la voie était libre. On remit tout en place et on retourna dans notre chambre pour trouver une cachette pour le coffret et la photo. Comme nous étions plus au calme, on constata que pour ouvrir le coffret il fallait utiliser les bagues de Mme Phips. Après cette fructueuse découverte, on dissimula la photo sous le matelas de Magalie tandis que nous cachions la boite au trésor sous mon lit et rajoutions dessus une serviette de toilette.

--------*----*----*----*

36

CHAPITRE 6

LE MARCHÉ

--*-*

Quelques instants plus tard nous prîmes la direction du « mercado » (1). Nous étions à peine arrivés qu'un marchand nous interpela :

– Holà jeunes gens ! Jouez avec moi et trouvez ces objets dans le marché : panier, livre de cuisine mexicaine, des champignons, aromates et je vous donnerai quelque chose d'utile en échange.

Comme nous étions curieux de savoir ce qu'il allait nous donner on lui dit que nous voulions bien relever le défi. On partit à la recherche de ces marchandises. Mais ce que le vendeur ne nous avait pas dit c'est qu'il fallait acheter ce bric-à-brac. Heureusement que nous avions toujours des pesos sur nous. Mais il faudra penser à faire le plein sinon on va être à court. Cette quête nous prit une bonne heure. Une fois les achats terminés on retourna voir le commerçant qui vendait des articles de pêche et de plongée. Et on commença à discuter avec lui.

- Nous revoilà avec tout le matériel que vous nous aviez listé. Que vouliez-vous nous donner ?
- Super, Vous avez de la chance je viens juste de recevoir ces articles prenez ce que vous voulez.
- Merci on va prendre ceci et celà.

Nous étions ravis de nos emplettes quand soudain Magalie devint blême et se mit à courir. Comme je ne comprenais pas sa réaction je lui emboitai le pas suivi de mon chien. Une fois que nous l'eûmes rejointe Magalie m'expliqua qu'elle avait vu un homme qui ressemblait comme deux gouttes d'eau à Mr Westwood Alexandro Maire de San Lorenzo (2). Une fois rentrés on croisa Susan qui nous demanda si nous n'avions pas vu un fantôme car qu'elle nous trouva encore blancs comme un linge. Je lui répondis :

- Tu ne crois pas si bien dire, nous allons tout te raconter.

– Avant tout, allons dans un endroit plus tranquille.

On suivit donc Susan et on prit la direction de son bureau. Elle nous fit asseoir dans des fauteuils assez confortables autour d'un bureau moderne. Je profitai d'être assis pour regarder un peu le décor du bureau. Mes yeux s'arrêtèrent sur le grand aquarium avec des poissons aux couleurs chatoyantes et même un Axoloti (3), un tableau avec un paysage mexicain représentant un temple Maya et aux quatre coins de la pièce des plantes exotiques posées sur des tabourets. Magalie me donna un coup de pied qui me rappela que nous étions là pour parlementer avec Susan. C'est pour cela que j'ouvris le dialogue :

– On veut te dire que nous sommes allés au marché pour acheter du matériel car nous avions le projet de retourner dans le passage secret pour voir si on trouve les dossiers.

– *Bien, bien, le problème c'est que Mme Phips depuis l'autre jour est suspicieuse à votre égard.*

– *Oui, on a ressenti son agacement car ce matin on a surpris une conversation entre elle et une autre personne.*

Susan nous conseilla d'être très prudents et de nous organiser pour aller dans le passage sans éveiller les soupçons. On décida de nous retrouver le lendemain matin à l'aube pour être sûrs de ne pas croiser un client ou une autre personne qui serait susceptible de raconter notre escapade.

1 – Marché
2 - Voir le tome 1
3 - *Est un amphibien de l'ordre des urodèles comme les salamandres et les tritons (source internet)*

--------*----*----*---*

CHAPITRE 7

LA TRAPPE

La nuit passa sans encombre. Après avoir savouré notre encas du matin on remonta dans notre chambre pour nous préparer pour notre expédition. On avait donné rendez-vous à Susan devant le mur secret. On s'est dit aussi qu'il ne fallait pas faire comme la dernière fois. En se remémorant les faits on prit conscience que nous avions eu de la chance. C'est sur ces entrefaites que Magalie et Susan prirent position dans le couloir. De mon côté j'actionnai la lampe murale pour ouvrir l'ouverture secrète. Puis Magalie et Benji sont venus me rejoindre pendant ce temps Susan refermait le passage. On alluma notre lampe de poche pour éclairer l'escalier qui allait nous reconduire au puits.

Entretemps dans la salle à manger.

- *Susan vous avez vu les deux jeunes avec leur chien ?*
- *Oui, ils m'ont dit qu'ils partaient se promener en forêt.*

—   *Vous leur direz que je veux les voir.*

—   *Bien sûr Madame, ils seront informés dès que je les verrai.*

Revenons à nos deux détectives en herbe.

Nous étions à peine descendus que l'on s'aperçut que quelqu'un était passé récupérer du matériel dans la cache qui se trouvait sous le trappon à droite du puits. Je dis à Magalie « Heureusement que la dernière fois j'avais planqué la corde, regarde la trappe est restée ouverte. » Magalie me répondit « Donc une personne dans cette auberge connaît l'existence de ce passage ». Puis on retourna à notre mission première c'est-à-dire descendre dans le puits pour poursuivre l'exploration du tunnel. Du temps que je préparais ma descente Magalie alla fouiner du côté de l'ouverture.

– Tiens Magalie prends la barrette de lumière que nous avons échangée au marché. Tu sais comment ça marche ?
– Oui pas de soucis, il faut juste casser légèrement le tube.
– Tu veux que je vienne avec toi ?
– Merci, ça ira. Je vais balancer la lumière et jeter un coup d'œil.

Magalie était à peine descendue qu'elle poussa un cri. Je me précipitai pour lui demander ce qu'elle avait. Elle me répondit « il y a une très grosse araignée. » Elle me demanda de venir l'aider. Un instant après je pris l'échelle pour la rejoindre et effectivement je constatai que Magalie ne racontait pas d'histoire elle était vraiment grosse.

– Ce n'est pas la petite bête qui va manger la grosse.
– JB non mais franchement tu exagères.
– D'accord, d'accord je m'excuse, je vais m'en occuper.

Je sautai à pieds joints devant elle. L'araignée se carapata dans une anfractuosité du mur. Magalie me prit dans ses bras et me serra très fort.

– *Je crois que l'arachnide a eu aussi peur que toi.*
– *Merci, tu m'as sauvée, j'ai eu une de ces peurs !*

Magalie révéla ensuite que l'autre jour elle avait eu moins peur avec le serpent. Du temps que nous étions en bas on en profita pour regarder ce qui manquait. On constata que les cigares et les cigarettes avaient disparu. Puis je me mis à regarder le mur et je remarquai que le fronton avait été refait récemment. Cela voulait dire que derrière cette muraille il y avait un autre passage. On supposa que c'était par là que les tonneaux de rhum avaient été acheminés. Nous n'avions plus le temps de tergiverser et c'est pour cela que l'on remonta avec l'éclairage pour que je descende dans le puits. Je sortis du sac le masque et le reste des barrettes de lumière. Pendant que je me mettais en tenue de plongée, Magalie jouait avec Benji. La descente ne fut pas trop compliquée. Grâce aux barrettes le tunnel me sembla plus accueillant. Une fois de l'autre côté je sortis le talkie-walkie de son sac étanche pour appeler Magalie.

— *Ça va là-haut ?*

— *Oui Benji s'impatiente un peu.*

— *Tu peux contacter Susan pour lui dire que nous allons dépasser le délai qu'on s'était fixé.*

— *Pas de problème. « Over »*

Sur le canal deux.

— *Susan nous aurons du retard sur le planning.*

— *D'accord, mais Madame Phips veut vous voir à votre retour.*

— *Tu sais pour quelle raison ?*

– *Non ! mais je lui ai dit que vous étiez partis vous promener en forêt.*

Sur le canal un.

– *JB, je viens d'avoir Susan tout est ok. Elle a dit à Madame Phips que nous étions en balade et que nous avions pris un pique-nique.*

CHAPITRE 8

LA JUMELLE

*_*_*_*

J'étais soulagé de savoir que nous avions un peu plus de temps. Heureusement qu'avant de descendre nous avions fait sortir Benji pour qu'il fasse ses besoins. Sur ces entrefaites je fis comme Magalie précédemment pour m'éclairer. La porte m'apparut comme un obstacle à franchir. Je regardais le battant de plus près pour constater que je pouvais crocheter la serrure assez facilement. Bien dix minutes plus tard je franchis le pas de la porte. Je rentrai dans une pièce de trente mètres carrés avec comme décor une table et une chaise. Au plafond pendait un fil avec une ampoule qui éclairait faiblement la pièce. Il y avait des zones sombres c'est pour cela que je ne me suis pas rendu compte tout de suite qu'il y avait une autre personne dans la pièce. Cette personne me fit sursauter en me parlant.

– *Hé psst, qui êtes-vous ? Vous n'êtes pas la personne qui vient habituellement pour me donner à manger. Qu'avez-vous fait de ma petite fille ?*

Je restai un moment sur le pas de la porte à m'interroger car je pensais trouver les dossiers et à la place j'ai trouvé une captive. Ma surprise passée je répondis.

- *Je suppose que vous êtes Maria ? Ne vous inquiétez pas je ne vous ferai aucun mal, je suis là pour vous sortir de là.*
- *Pas pour l'instant jeune homme. S'ils apprennent que j'ai été libérée ils vont s'en prendre à ma petite fille Cécilia.*
- *Ce doit être la personne que j'ai entendue ce matin se disputer avec Gladys Phips. Enfin la personne qui se fait passer pour vous. J'ai trouvé une photo de vous et nous avons découvert le coffre en forme de four avec à l'intérieur le petit coffret.*
- *Plus un mot jeune homme quelqu'un vient.*

Sans demander mon reste je sortis de la pièce et refermai la porte derrière moi, puis je plaquai mon oreille pour écouter la conversation. Maria demanda à l'inconnue qui venait de rentrer :

« Pourquoi aujourd'hui c'est toi qui viens, alors que d'habitude tu envoies un de tes sbires. La personne répondit : « je n'ai pas le droit de venir voir ma sœur chérie ? Et ne fais pas la maligne, du temps que tu restes sage ta petite fille ne risque rien. » Elle confirmait ce que Maria venait de me dire. Maria répondit «tu es ignoble de t'en prendre à une enfant». L'autre répondit « ce n'est plus une enfant maintenant qu'elle a vingt ans. Tiens je te pose ton plat sur la table nous avons fini de discuter ». Sur ce elle sortit en claquant la porte et en la refermant à clé. Je comprenais l'état d'urgence. Pendant que j'attendais que Gladys Phips s'en aille j'en ai profité pour me rhabiller. Au bout de dix minutes je revins dans la pièce.

– *Effectivement elle ne rigolait pas. Si j'ai bien compris c'est votre sœur jumelle.*

– *Oui, c'est ma sœur jumelle. Son comportement a changé depuis la mort de nos parents. Elle est devenue jalouse à mon égard. Elle n'a jamais été acceptée par notre famille alors que moi oui.*

Ensuite je lui demandai si sa petite fille habitait dans l'auberge. Elle me répondit qu'effectivement Cécilia logeait dans l'auberge. Maria me dit par la suite que ce n'était pas la peine de parler si fort car elle s'était fait appareiller et qu'elle entendait très bien maintenant. Puis elle alla s'asseoir sur son lit et s'allongea un moment pour détendre un peu ses jambes qui lui faisaient mal à cause de sa longue station debout.

– *Euh jeune homme comment vous appelez-vous ?*

– *Jean-Benoît ou JB pour les personnes qui me connaissent et ma compagne Magalie m'attend un peu plus haut avec mon chien Benji. Nous enquêtons sur le mystère qui vous concerne. On a trouvé bizarre de nous retrouver avec une personne qui ne ressemblait pas à la description que votre cousin nous avait fait de vous. Nous irons voir votre petite-fille pour lui dire que vous allez bien.*

— Merci Jean Benoît mais soyez prudents. Pouvez-vous me passer le verre d'eau ?

Je me dirigeai donc vers un coin sombre pour aller chercher son verre. Après avoir bu elle continua à m'observer en silence. Puis elle ferma les yeux en me disant :

— Si vous permettez Je vais me reposer, je suis fatiguée.

— Oui bien sûr il n'y a pas de problème. Pouvez-vous me prêter vos bagues s'il vous plaît ?

À la fin de la conversation elle me confia ses bagues en me disant : « Elles ont appartenu à ma mère et à sa mère avant elle. Je vous demande d'en prendre soin. Je finirai de vous raconter la fin de notre histoire une autre fois». Je lui répondis :

« Avec ces deux bagues on va pouvoir ouvrir le petit coffret et je vous promets que je reviendrai vous voir pour vous les rendre ».

CHAPITRE 9

PERMANENCE ET BOUCLAGE

Elle me gratifia d'un sourire en guise de réponse. Avec les deux bagues en poche je lui retournai son sourire et je sortis en refermant soigneusement la porte. Puis je repris le chemin en sens inverse. La remontée ne fut pas aisée mais enfin je retrouvai Magalie et Benji. Une fois que j'eus posé le pied sur la terre battue mon chien me sauta dessus en me donnant de grands coups de langue.

> *– Du calme Benji, mais oui je suis là ne t'inquiète pas.*

Une fois nos retrouvailles passées, il fallait penser à la suite. Je dis à Magalie :

> *– J'ai fait la connaissance de la sœur jumelle de Mme Phips. Elle est retenue prisonnière.*
> *– Je suppose que pour le dossier il faudra aller chercher ailleurs.*
> *– Tu as bien deviné, mais le plus urgent maintenant c'est de prévenir la petite fille.*

Magalie me regarda avec des yeux ronds qui voulaient dire qu'elle était étonnée par mes dires. Je repris donc la conversation :

—   Oui, oui tu as bien entendu Maria Phips a une petite fille dans l'auberge et elle nous a chargés de la rassurer sur le sort de sa grand-mère.

Du temps de cette conversation j'en profitai pour me sécher et me rhabiller pour la énième fois. Puis Magalie poursuivit :

—   Il faut qu'on prévienne la police ?
—   On le fera une fois que la petite fille sera en sécurité et avec les dossiers qu'on va sûrement retrouver.
—   Je ne sais pas pourquoi mais j'étais sûre que tu allais répondre ça.

Une chose était certaine. Il fallait qu'on se dépêche, c'est pour ça qu'on rappela Susan avec le *talkie-walkie. On lui demanda si elle était libre pour venir nous ouvrir. Ça tombait bien Susan n'était pas en service aujourd'hui. Elle nous répondit : qu'il n'y avait pas de problème, mais que nous devrions patienter un moment car il y avait encore un peu trop de monde dans les parages et le mieux c'était d'attendre qu'ils aillent déjeuner. On patienta bien une heure voire une heure trente avant de sortir de cet espace car avant de pouvoir émerger, il fallut effacer nos traces du mieux qu'on put. Puis on parla en chœur :*

— Muchas gracias Susan. (merci beaucoup)

On se carapata vite fait bien fait avec le pique-nique que Susan nous donna et on prit la direction de la forêt. Mais avant de partir on lui demanda si elle avait vu Cécilia. Susan nous répondit : « oui elle est partie au marché elle reviendra tout à l'heure ». Après vingt minutes de marche on atteignit enfin la clairière. Après s'être assis un instant pour respirer à pleins poumons, notre regard se fixa sur les ruines mayas, à moitié enfouies dans la forêt tropicale. Nous en étions là dans nos réflexions quand soudain notre estomac émit un gargouillis et nous rappela que nous avions des victuailles à manger. Une fois rassasiés, on reprit la descente de la colline en sens inverse et nos pas nous ramenèrent directement à la civilisation. On était à peine arrivés que Gladys nous intercepta en nous demandant de bien vouloir la suivre. Elle nous conduisit à la réception en nous demandant de faire une permanence à l'accueil, car soi-disant cet après-midi elle manquait de personnel. Quelques instants plus tard on aperçut Susan et on l'interrogea à voix basse :

— *Cécilia est-elle revenue du marché ?*
— *Pas à ma connaissance.*
— *Merci, à plus tard*

Notre service achevé on remonta dans notre chambre. En entrant je marchai sur un message qui avait dû être glissé sous notre porte. C'était Cécilia, la petite fille de Maria Phips, qui nous écrivait. Avant de lire la missive je refermai la porte :

- *Retrouvez-moi au bar du village à dix huit heures.*
- *Allons-y, on a juste le temps de faire un aller-retour avant le souper.*

J'avais à peine mis la main sur la poignée que j'entendis un « clic clac ». Quelqu'un nous avait enfermés dans notre chambre. Je m'aperçus que la clef était restée dans la serrure. Magalie intervint :

- *J'ai une idée, je vais mettre cette feuille sous la porte et faire tomber la clé avec* une aiguille que tu trouveras dans la salle de bains.

– Je vais te la chercher.

*____ *____ *____ *____ *____ *

CHAPITRE 10

RENDEZ-VOUS MANQUÉ

En deux temps trois mouvements on était dehors. On mit moins de quinze minutes pour parcourir la distance entre l'auberge et le bar. On entra dans l'établissement et on fit signe au barman. On prit une table de trois et Arthur Johnson vint nous retrouver.

- Bien le bonsoir, je vais chercher une boite pour votre chien.
- Oui merci, vous la mettrez sur la note.
- Je vous rapporte des boissons par la même occasion.
- Bien volontiers, mettez nous deux palomas (4)

Le voilà reparti en direction de son comptoir et un moment après il revint avec notre commande et posa l'écuelle pour Benji.

- Arthur, vous avez eu des nouvelles des trois frères Thomas ?

– Euh non pas ces temps-ci, ils sont toujours en mer et rentreront peut-être à la fin de la semaine.

Je répondis :

– Ah dommage ! Euh merci… On attend Cécilia la petite fille de Madame Phips. Vous ne l'avez pas vue par hasard ?
– Oui je vois qui elle est, mais non je ne l'ai pas vue aujourd'hui.

Je regardai ma montre et je m'aperçus qu'il était déjà dix-neuf heures, il fallait rentrer pour le souper. On dit alors au barman qu'on avait une urgence. Il nous répondit : « de ne pas nous inquiéter, il mettrait les consommations sur notre note. Et s'il voyait Cécilia il lui dirait que nous étions passés. » On le remercia et en très peu de temps on arriva pile pour l'heure du repas. Comme on n'avait pas eu le temps de se laver les mains on se mit un coup de gel hydroalcoolique.

Heureusement le repas se déroula sans encombre. Et à la fin du repas on alla à la cuisine pour aider à laver la vaisselle puis on passa à la réception pour rendre la deuxième clé. La réception était déserte on posa la clé sur le comptoir et on remonta dans notre chambre. Je jetai un coup d'œil aux étoiles par la fenêtre de notre chambre, quand soudain je baissai les yeux et j'aperçus une ombre pour la deuxième fois, parce que la première fois l'ombre s'était glissée derrière le bâtiment. Et cette fois elle avait pris la direction du mausolée. Soudain il y eut une panne de courant. Avec un chandelier je sortis sur le palier suivi de Magalie et nous retrouvâmes Susan qui sortait de la salle de bains. Elle m'interpella :

– *Tout va bien.*

– *Oui, je te laisse avec Magalie. J'ai une chose à vérifier. Je n'en ai pas pour longtemps. Je vous raconterai. Viens Benji.*

Je rendis le candélabre à Magalie et je pris la lampe torche qu'elle me tendit, comme si elle avait deviné mes intentions. Puis je descendis les escaliers quatre à quatre suivi de mon chien. Je sortis par la porte principale en la refermant derrière moi. En moins de temps qu'il n'en faut pour le dire je parcourus le trajet qui me mena au mausolée. Comme je m'y attendais je ne vis personne. Mon chien se mit à renifler et mit les pattes sur une mosaïque. Je le félicitai pour avoir trouvé une piste et je photographiai mentalement l'indice pour revenir plus tard. Pendant ce temps Magalie et Susan :

— Si tu veux bien m'accompagner pour remettre les plombs après on ira rejoindre JB

— Bien sûr Susan, allons-y

Pendant que les filles allaient remettre les plombs, je revins sur mes pas et bien sûr comme j'avais claqué la porte j'étais fermé dehors. Du coup je pris une poignée de gravillons et je me dirigeai sous notre fenêtre pour les lancer un par un en espérant que Magalie entendrait le signal de détresse et qu'elle pourrait venir m'ouvrir. Les filles de leur côté étaient descendues dans la cave où elles eurent la surprise de voir que les plombs avaient été enlevés et mis sur le rebord. La seule pensée qui s'offrit à elles, c'est que quelqu'un avait délibérément enlevé les fusibles. Encore une chose que l'on devrait élucider. Elles remirent les plombs et remontèrent. Ensuite elles se dirigèrent vers la porte d'entrée. De mon côté je gaspillai mon énergie à envoyer les petits gravillons sur notre fenêtre. Je décidai d'arrêter et d'aller voir si je pouvais trouver quelqu'un qui serait sorti pour fumer une cigarette. J'étais à peine arrivé dans le secteur de l'entrée que j'eus la surprise de tomber nez à nez avec les filles.

– *Merci les filles d'être venues à ma rencontre. Avec cette foutue serrure qui se bloque je n'ai pas pu rentrer.*

– *Il faudra vraiment que j'en reparle à Madame Phips précisa Susan.*

- *Ah au fait les plombs ont été sabotés*
- *Quoi sabotés ! Moi aussi j'ai fait une découverte répondis-je à Magalie*

*____*____*____*____*____*

4 - *Paloma est une boisson à base de jus de pamplemousse et de tequila*

.

CHAPITRE 11

DISPARITION INQUIÉTANTE

*_*_*_*

Grâce à Benji j'avais élucidé le mystère de la patte de chien. Tout en discutant on repassa à l'accueil qui était toujours désert pour récupérer la clé pendant que Susan allait récupérer un crayon et du scotch dans son bureau. Quant à nous, j'expliquai à Magalie que le sabotage des fusibles était dû à la personne que j'avais vue se diriger vers le mausolée. Elle me répondit qu'avec ce que Susan était partie chercher on allait pouvoir relever les empreintes sur la clé. Un moment après Susan revint avec le matériel adéquat. Je commençai à mettre en poudre la mine de crayon pour pouvoir l'appliquer sur la clé. Bien évidemment je mis les gants que Susan avait pensé à ramener pour ne pas laisser de marques sur le Scotch. Ensuite je soufflai pour faire apparaître les empreintes et j'appliquai le scotch sur la clé puis je le collai sur un carton. On se retrouva avec deux belles empreintes bien distinctes. Il ne restait plus qu'à récupérer les empreintes de Madame Phips et du majordome pour les comparer avec celles qu'on avait prélevées. Une fois cette tâche accomplie nous pûmes enfin aller nous reposer.

Après une nuit réparatrice on se retrouva au petit déj et je dis : « Tout le monde va bien ? » Les filles répondirent : « Nous avons bien dormi et on est en pleine forme. » On commença la journée en allant payer nos dettes auprès du barman. Sur le trajet on se demanda si Arthur allait nous donner des bonnes nouvelles.

– *Les salutations du matin.*

– *Bonjour Arthur, on vient payer nos dettes.*

– *Attendez que je reprenne ma note euh on a les boissons, la boîte pour votre chien, ça vous fera 270 pesos. (5)*

– *Merci, les voici. Vous n'auriez pas vu Cécilia hier soir, par hasard ?*

– *Elle n'est pas rentrée dans mon établissement.*

– *Je voulais savoir aussi si au village il y avait une banque ou s'il faut aller en ville.*

– Non, nous n'avons pas de banque car il n'y a pas assez d'habitants. Cet après-midi je dois faire une course en ville si vous voulez je vous emmène.

– Bien volontiers nous ne sommes pas contre une petite balade en ville.

Sur le chemin du retour on se demanda pourquoi Cécilia n'était pas venue au rendez-vous. Il y avait deux solutions à cette énigme, soit elle avait été débordée par ce qu'elle faisait et elle avait oublié notre rendez-vous ou alors on l'avait empêchée de venir nous retrouver. Nous étions perdus dans nos pensées quand un bruissement de voix nous parvint aux oreilles :

– Hé oh tous les deux vous rêvez ou quoi ?
– Ah salut Susan, euh non, on vient juste de comprendre que Cécilia a peut-être disparu.

- *Comment ça !*
- *Tu l'as revue depuis qu'elle est partie au marché. C'était hier après-midi je crois ?*
- *Oui effectivement, tu as raison je ne l'ai pas recroisée. C'est vrai que maintenant que tu m'en parles elle devait prendre son service et c'est vous qui avez fait la permanence.*

5 – 10,97 Euro

CHAPITRE 12

RÉVÉLATIONS

--*-*

On répondit à Susan : « Comme nous devons aller en ville cet après-midi nous irons voir la police pour signaler sa disparition ». « J'irais bien avec vous mais je suis de service ». « Ne t'inquiète pas on te racontera, intervint Magalie » « j'espère seulement qu'ils vont nous croire. Profites-en pour récupérer les empreintes de ta patronne ». « Bonne idée JB, complimenta Susan ».

On laissa Susan à sa mission quant à nous on repartit en direction du bar pour aller déjeuner.

- *Arthur, vous pouvez nous mettre le plat du jour s'il vous plaît.*
- *C'est comme si c'était fait et arrêtez de me vouvoyer. Je ne suis pas si vieux quand même. Installez-vous, j'arrive.*
- *Pas de souci, on prend notre table habituelle.*

On s'installa à la table qui était derrière une grosse plante. Comme ça on pouvait observer les entrées et les sorties sans que l'on nous voit. On était à peine assis que mon chien émit un faible grognement.

> — *Regarde mag !*
> — *Mercredi, il nous poursuit ou quoi.*
> — *Comme tu dis. Pas bouger Benji.*

Le sbire de Gladys Phips venait de faire une entrée fracassante. Il parla deux minutes avec le patron puis il repartit comme il était venu. Après un laps de temps qui nous parut long, Arthur revint nous voir.

> — *Ne vous inquiétez pas, je ne lui ai rien dit à votre sujet.*
> — *Je vous remercie. Euh pardon on te remercie.*
> — *Vous n'avez pas d'ennuis au moins.*
> — *Ça serait trop long à t'expliquer.*
> — *Il n'y a pas de problème, bon appétit.*

J'ai senti à son ton qu'il était déçu qu'on ne lui raconte pas tout. Mais on ne voulait pas qu'il ait des ennuis à cause de nous, même si c'est un grand garçon qui sait se défendre.

- *Merci pour les "enchiladas". (6) Elles étaient très bonnes.*
- *Vous voulez un dessert.*
- *Oui merci, deux coupes de glace.*
- *Et c'est parti pour les glaces.*

Il revint 5 minutes plus tard avec notre commande et les cafés.

- *Dès que vous aurez fini vous me rapporterez tout ça sur le comptoir.*
- *Bien volontiers.*
- *Attendez-moi près de la voiture je suis garé juste devant.*

Une fois sortis je posai la question à Magalie : « Tu crois qu'il faut tout raconter à Arthur ou faut-il attendre encore un peu pour être sûrs qu'on puisse lui faire confiance ». Elle me répondit : « Je pense qu'il faut qu'on soit honnête avec lui. Il pourra sûrement nous aider. Il n'a rien dit tout à l'heure au majordome ». Je répondis : « Tu as entièrement raison on lui parlera dans la voiture ». Il nous expliqua qu'il était désolé de nous avoir fait attendre car il lui avait fallu le temps qu'il ferme et qu'il mette les derniers clients dehors. Puis il nous indiqua sa voiture et nous demanda si tout allait bien car vu nos têtes il pensait que quelque chose nous préoccupait. On ne savait pas par où commencer. Une fois installés dans la voiture, à force de tergiverser, on se décida à lui parler.

> – *On ne voulait pas t'inquiéter avec nos problèmes, mais il faut qu'on aille voir la police car on pense que Cécilia a disparu.*

> – *Je me doutais bien que quelque chose n'allait pas vu la réaction de l'homme de tout à l'heure. Je ne vous connais pas*

depuis longtemps mais si vous avez des ennuis vous pouvez compter sur moi.

— *Merci on saura s'en souvenir.*

Tout d'un coup le silence s'installa et dura pendant une grande partie du voyage jusqu' à ce que Magalie le rompe.

— *L'homme de tout à l'heure est le sbire de ta cousine ou l'homme à tout faire si tu préfères.*

— *Oui, je situe bien le personnage.*

Je poursuivis.

— *On pense que ta cousine et son homme de main ont kidnappé Cécilia la petite fille de Maria Phips.*

— *On peut te dire aussi que la patronne de l'auberge est la sœur jumelle de ta cousine Maria rajouta Magalie.*

Arthur resta bouche bée et ne sut pas quoi répondre tout de suite. Il a fallu d'abord qu'il encaisse nos révélations.

--------*----*----*----*

6 - Tortillas de maïs fourrés de viande hachée et de sauce salsa

CHAPITRE 13

SALVATIERRA - LA VILLE

Quelques instants plus tard.

– *Je vous demande pardon, vous en êtes sûrs ?*
– *Tout à fait sûrs*
– *J'ai du mal à vous croire.*

On ne pouvait pas lui en vouloir de mettre en doute nos paroles. On se mettait à sa place, c'était dur à admettre. On prit la décision de ne pas l'obliger à venir avec nous voir la police. On continua à lui parler : « on comprendrait si tu ne veux pas venir avec nous chez les flics » « Même si c'est dur à entendre je ne vais pas me défiler ». « Je te remercie pour ton aide, tu connais quelqu'un au commissariat qui pourrait nous écouter » ? « Pas vraiment mais je sais une chose JB c'est que dans ce commissariat ils ne parlent pas français donc je serai votre interprète ». « Génial, tu nous sauves intervint Magalie ».

On commença par aller signaler la disparition de Cécilia. On rentra dans la partie nord du commissariat et on laissa Arthur diriger la conversation.

> – *Buenas tardes (Bonjour en espagnol)*
> – *Buenas tardes. Mes amis voudraient signaler une disparition.*
> – *Il vous faut prendre la première porte à droite.*

On emprunta un grand couloir et on frappa à la première porte où était marqué « Inspecteur Windo ».

> – *Adelante, (entrez) Buenas tardes*
> – *Buenas tardes.*

Je dis à l'inspecteur Windo qu'on venait le voir pour signaler une disparition.

> – *Asseyez-vous. Depuis combien de temps la personne a-t-elle disparu ?*

- *On a constaté sa disparition depuis hier après-midi.*
- *Cette personne a-t-elle l'habitude de fuguer ?*
- *Je n'ai pas l'impression que ça soit son genre. Elle nous a paru stable et équilibrée.*
- *Pouvez-vous me la décrire ?*
- *Grande, châtain clair, yeux bleus et elle s'appelle Cécilia Phips*

Il nous dit de pas nous inquiéter généralement elles reviennent toutes seules. Il prend note et il nous appellera s'il a des nouvelles.

En sortant du bureau on remercia l'inspecteur mais en refermant sa porte on se dit qu'il avait d'autres chats à fouetter et qu'on allait devoir enquêter nous-mêmes. On ressortit du bâtiment et on se mit à discuter : « Qu'est-ce que tu en penses Arthur » ? « ce n'est pas si mal. Il a déjà pris note de ce qu'on lui a dit mais je pense qu'il faudra sûrement revenir le voir pour le relancer. À moins que, comme je le suppose vous enquêtiez vous-mêmes. N'est-ce pas vous deux ? ». « On sait ce qu'on dit, c'est elle-même qui nous a donné rendez-vous hier soir car elle avait des choses à nous révéler ». « Je suis d'accord avec vous deux. Je la connais un peu plus que vous, elle ne passe pas tous les soirs mais surtout le week-end pour décompresser et je sais qu'elle tient à son travail. C'est ce que j'ai dit à l'inspecteur ».

Résultat des courses, entre nos pensées et notre discussion on était tous d'accord qu'il fallait faire vite pour la retrouver et qu'il fallait qu'on le fasse sans l'aide de la police. On prit congé d'Arthur. Il nous indiqua où on pouvait trouver la banque et nous précisa en remontant dans sa voiture qu'à priori il y avait des personnes qui parlaient français. On lui cria qu'on se retrouverait ici dans une heure. Comme nous flânions un peu à droite et à gauche en observant les devantures des magasins on se retrouva sans s'en rendre compte devant la banque. On pénétra dans le hall et on se dirigea vers l'accueil.

    – *Buenas tardes Qu'est-ce que vous désirez ?*

    – *On voudrait faire un change s'il vous plait.*

    – *Je suppose que vous voulez échanger des euros contre des pesos.*

    – *Oui c'est tout à fait ça.*

    – *Vous avez un distributeur juste là. Vous tapez le montant en euros et la machine vous le calculera avec le taux de change du jour et vous donnera la somme en pesos.*

    – *Gracias.*

Heureusement que j'avais Magalie avec son sens de l'orientation car on retrouva notre chemin sans problème. En attendant Arthur on prit place juste en face du commissariat pour prendre un café.

    – *Dos cafes con leche (7)*

On venait juste de finir notre café lorsqu'on aperçut Arthur qui revenait de ses courses. Un moment après la serveuse revint nous rendre la monnaie, puis on quitta la terrasse pour aller rejoindre Arthur.

> – *Une fois rentrés, pourrez-vous m'aider à ranger tout ça dans la réserve ?*
> – *Pas de souci, on te doit bien ça.*

Au premier coup d'accélérateur le moteur de sa voiture rugit puis il enclencha la première et on reprit la route. Le paysage défilait à toute vitesse. Au bord de la route on apercevait des arbres immenses qui formaient des arcs boutants.

7 – deux cafés crème

CHAPITRE 14

LE COFFRET

--*-*

Avec la puissante voiture d'Arthur on se retrouva devant son bar en un rien de temps. Comme convenu on aida notre ami à ranger toutes les victuailles et les boissons dans les réserves. Une fois le coup de main donné on commença à discuter :

- *Bien entendu motus et bouche cousue sur cette affaire. On doit régler le problème entre nous et on ira voir la police une fois les preuves entre nos mains.*
- *Bien sûr, vous pouvez compter sur moi.*

Une fois rassurés on quitta l'établissement pour nous concentrer sur la tâche qu'on s'était fixée, c'est-à-dire : voir ce qu'il y avait dans le coffret qu'on avait trouvé dans la buanderie. Une fois devant l'auberge on aperçut un serrurier qui était en train de réparer la serrure de l'entrée. On se regarda et on se dit qu'enfin on allait pouvoir pénétrer correctement dans cette bâtisse. Nous étions à peine rentrés que Susan nous annonça que notre chambre avait été fouillée et tout mise sens dessus dessous. Effectivement on aperçut l'étendue des dégâts en entrant dans la chambre. Les malfrats avaient tout retourné du sol au plafond. Mais heureusement ils n'avaient pas trouvé ce qu'ils cherchaient. Sans un mot je filai dans la salle de bains qui se trouvait sur le palier. Je revins quelques instants plus tard avec le coffret.

– Tintin...Et voilà j'ai changé la cachette je me doutais bien que le sbire de Madame Phips nous avait aperçus dans la buanderie. Il a tout raconté à sa patronne.
– Bien joué « Galagan » on va pouvoir l'ouvrir et savoir de quoi il retourne.
– Oui, mais avant tout rangeons ce foutoir.

Une fois le désordre rangé on referma la porte et on s'installa confortablement sur mon lit. J'avais mis les deux bagues autour de mon cou pour éviter de les perdre ou comme dans le cas présent nous les faire voler. Je décrochai donc les deux bagues *et je les insérai dans la serrure pour déverrouiller le coffret. Une fois fait j'ouvris délicatement la boite au mystère. Nous commencions à peine à regarder le premier papier qu'on frappa à la porte. J'ai su tout de suite que c'était une personne amicale sinon mon chien aurait réagi.*

— *Tu es sûr que c'est un ami ?*
— *Tu as raison par prudence tu veux bien cacher la boîte s'il te plaît.*

Je me levai pour aller voir et comme mon chien ne réagissait toujours pas j'ouvris la porte sans crainte.

— *Monsieur l'inspecteur que nous vaut le plaisir ? Vous avez retrouvé Cécilia Phips ?*
— *Señor Jackson, señorita. Malheureusement non mais je viens pour un complément d'enquête. Puis-je entrer ?*
— *Je vous en prie Monsieur Windo.*

Mon chien ne se leva même pas pour saluer notre invité. C'était quand même bizarre son comportement, mais je laissai ça de côté pour l'instant et me concentrai sur la conversation.

– *Vous disiez donc ?*

– *On descend de son nuage jeune homme, je disais à votre partenaire que je suis là pour voir où la disparue travaillait et savoir s'il y avait un conflit entre elle et certaines personnes ou avec des membres de la famille ?*

– *Tenez voilà justement la personne qui la connaît le mieux. Susan c'est l'inspecteur Windo qui a la charge de l'enquête sur la disparition de Cécilia.*

– *Bonjour, Je suis sa collègue Susan Dunlop. Que puis-je pour vous ?*

– *Que vous me disiez comment elle était ces derniers jours ?*

– *Bien. Jamais en retard pour prendre son service à l'accueil, toujours avec le sourire, la joie de vivre quoi !*

– *Elle ne s'est pas disputée avec quelqu'un ces jours-ci ?*

– *Pas à ma connaissance.*

– *Bien je vous remercie, Je vous laisse ma carte au cas où il y aurait un détail qui vous reviendrait. Je vous informerai si mon enquête évolue.*

– *Merci Inspecteur je vous raccompagne.*

– *Bien volontiers, messieurs dames.*

Une fois seul Benji se leva et monta sur le lit où Magalie était restée pour cacher le coffret. Il posa sa tête sur ses genoux et poussa un soupir pour nous faire comprendre qu'il s'ennuyait. Comme Susan ne revenait toujours pas de son raccompagnement du beau policier on commençait à trouver le temps long car les minutes se transformèrent en demi-heure. Et cette demi-heure se métamorphosa en une heure sans que Susan *réapparaisse. Après quelques minutes de plus on supposa que l'enquêteur avait emmené Susan manger quelque part. Du coup on décida de commencer sans elle. Je me glissai à côté de Magalie pour qu'on puisse enfin découvrir le secret du coffret.*

— *Bon, on l'ouvre cette boîte à mystère ?*
— *Ah, enfin !!! je suis comme Benji je commençais à m'impatienter.*

On prit notre temps pour décortiquer le contenu de la boîte, on trouva des lettres écrites à la main et un testament qui désignait Cécilia comme héritière de la fortune familiale des Phips. Magalie et moi prîmes la décision de remettre à demain la lecture des lettres. On continua à discuter jusqu'à ce que la fatigue nous surprenne et ramollisse nos corps. Quelques instants plus tard nous tombions dans les bras de Morphée.

--------*----*----*----*

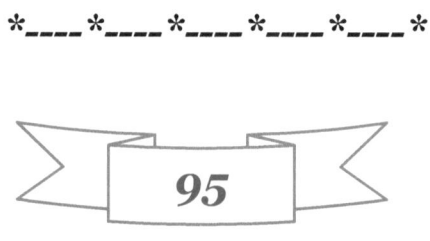

CHAPITRE 15

REBONDISSEMENT ET EMPREINTES

L'aube venait à peine de se lever quand mon chien nous réveilla l'un après l'autre. J'ouvris les yeux pour voir Benji tourner en rond dans notre chambre comme s'il avait envie de soulager sa vessie. Je m'habillai rapidement pour descendre avec Benji et faire notre petite balade matinale. Pendant ce temps Magalie commença la lecture des lettres.

> – *Et ben, dis donc… tu as fait vite aujourd'hui !*
> – *J'avais hâte de savoir pour les lettres.*
> – *Assieds-toi donc on va poursuivre ensemble.*

Je sautai sur le lit et pris place à côté d'elle et je lui demandai de quoi il retournait :

> – *Nous avons bien la correspondance entre Maria et Gladys Phips et elles sont bien deux sœurs jumelles qui ont été séparées à la naissance. Il est dit plus loin qu'elles*

sont nées le même jour mais dans deux poches différentes. Tu sais qui a écrit la première lettre ?

– D'après ce que j'ai lu ce serait Maria qui a voulu reprendre contact avec sa sœur. Gladys en veut à sa sœur comme tu me l'as dit, elle s'est sentie rejetée par la famille parce que les parents ne voulaient pas de deux enfants.

– Donc si je comprends bien cela serait une vengeance ?

– Oui et le problème c'est que Cécilia a informé Gladys que si elle continuait à dilapider la fortune familiale, comme on l'a entendu dans la dispute, elle irait la dénoncer à la police. Car c'est bien Cécilia qui est l'héritière en cas de décès ou disparition de Maria comme il est bien notifié dans le testament.

– Mag, je suppose que Gladys a retourné les lettres à sa sœur en lui répondant. C'est pour ça qu'on les trouve dans le coffret ». «

Exactement, mais il manque des lettres, il y a des dates qui sautent on va sûrement les retrouver dans les dossiers avec les papiers de la comptabilité qui prouvent qu'elle fait bien du trafic.

— *Il faudrait qu'on demande à Susan si elle a une voiture et si on peut déposer le coffret à sa banque ?*

— *J'espère qu'elle sera d'accord, mais on ne peut pas prendre la décision pour elle, je vais envoyer Benji la chercher. »*

Sur ces paroles j'ouvris la porte et demandai à mon chien d'aller chercher Susan. Si elle était dans les locaux mon chien allait la trouver. Nous en étions là de notre réflexion et étions impatients de savoir s'il elle avait pu se procurer les empreintes des malveillants ou non.

— *Ça c'est un bon chien. Salut, Susan tu as les empreintes ?*

– Oui les voilà, ça n'a pas été simple mais j'y suis arrivée.

Je me mis à comparer les empreintes avec celles déjà prélevées sur la clé.

– Et mercredi ! Ça ne correspond pas.
– Tu es sûr ?
– Oui je suis sûr j'ai vérifié deux fois.
– Donc, comme suspects, il nous reste le policier ou peut-être je dis bien peut-être Arthur ? Insinua Magalie
– Ah non, tu ne touches pas à Fernando intervint Susan.
– Bien, bien je disais ça comme ça Et bien il nous reste Arthur

– Mag, franchement Arthur ! Si je comprends bien on n'a plus personne. Il y a pourtant bien quelqu'un qui est à la solde de Madame Phips et qui nous fait tourner en bourrique « par les saintes culottes de Mac Gregor ». (8)

– *Du calme JB on va reprendre depuis le début*

– *Je vois que cette histoire vous tient à cœur et vous touche énormément. Si je peux vous aider à résoudre ce mystère je serais ravie de le faire intervint Susan*

– *Génial, déjà avec les empreintes que tu nous as apportées on peut éliminer Gladys et son sbire pour la clé, mais ça ne veut pas dire qu'on peut les évincer de la liste des suspects.*

– *Je sais qu'on peut faire confiance à Arthur mais je prendrai quand même ses empreintes au cas où.*

– *Il va falloir jouer fissa Mag. Au fait Susan pendant qu'on y pense est-ce que tu serais d'accord pour aller en ville porter le coffret à ta banque ?*

  –   *Le problème c'est que je travaille jusqu'à vendredi et ma voiture est en réparation. Si non pas de soucis.*

*____*____*____*____*____*

8 – texte dans Blake & Mortime

CHAPITRE 16

LES DOSSIERS

On se quitta d'un commun accord c'est-à-dire : on confia les précieux documents et la boîte au mystère à Susan pour qu'elle trouve une cachette provisoire en attendant qu'elle aille à sa banque car dans notre chambre c'était trop risqué. On décida aussi de se rendre au bar tenu par Arthur pour pouvoir prendre ses empreintes sans qu'il s'en aperçoive. Un moment après on passa la porte de l'établissement.

– *Hello Arthur on prend notre table habituelle !*

– *Je suis à vous dans 5 minutes*

On prit place et on en profita pour peaufiner notre plan. Je me levai pour qu'Arthur m'aperçoive et pour lui demander s'il voulait trinquer avec nous pour une fois. Il nous répondit :

– *Je vous sers comme d'habitude*

– *Oui ça ira très bien.*

La chance était avec nous. Il avait à peine posé les verres que plusieurs clients le réclamèrent. Il repartit précipitamment en oubliant son verre sur la table en nous disant :

— *Désolé c'est le coup de feu de midi.*

Pendant que j'envoyai Magalie régler la note auprès d'Arthur j'en profitai pour subtiliser le verre et le mettre dans un sachet afin de relever ses empreintes une fois dans la chambre. J'espère que l'avenir me donnera raison car Arthur n'est pas quelqu'un de méchant en temps normal. Mais comme je connais mieux Mag qu'Arthur, je me fie à son intuition. Une fois l'opération effectuée j'ai donné l'ordre à Benji d'aller chercher Magalie. Elle annonça à Arthur en partant qu'elle avait renversé son verre par mégarde. Heureusement pour donner le change j'avais pris un verre à l'auberge qui ressemblait étrangement à celui du bar. J'ai ainsi pu faire l'échange avec le sien afin qu'il trouve 3 verres vides quand il viendrait débarrasser la table.

– Tu ne perds pas le nord JB, tu as vraiment de la suite dans les idées.

– Merci ma vieille toi aussi tes intuitions sont excellentes.

Nous voici de retour pour vérifier si les empreintes d'Arthur correspondaient à celles prélevées sur la clé. Une fois de plus on fit chou blanc. Mais nous ne sommes pas convaincus pour autant. Arthur ne nous a peut-être pas enfermés mais il a pu le demander à quelqu'un qu'il connaît et qui lui est redevable. Il faut qu'on trouve qui Arthur aurait pu manipuler pour faire le sale boulot à sa place. On se consulta et on décida qu'il fallait entamer la deuxième phase de notre plan qui consistait à trouver les dossiers compromettants. La seule voie qu'on n'avait pas encore empruntée était celle du mausolée.

– *Allons faire un petit tour du côté du petit salon pour voir si la patte du chien est toujours baissée.*

– *Il faut qu'on fasse attention à ne croiser personne si on doit la réactionner.*

– *Oui ça va de soi ma chère Mag. C'est pourquoi on va communiquer avec les talkies-walkies.*

Pendant qu'on descendait les escaliers je continuais à expliquer à Magalie qu'il fallait se parler sur le canal 1 et baisser le volume pour que les personnes qui passent à côté de nous ne comprennent pas notre conversation. Personne aux alentours, je me dirigeai vers le petit salon tandis que Mag allait se poster du côté du mausolée.

– *Tout est OK pour toi ?*

– *Pas de souci il n'y a personne dans les parages.*

Je rentrai furtivement dans le petit salon tout en faisant mine de regarder par la fenêtre. En une fraction de seconde je tournai la tête pour jeter un petit coup d'œil sous la table basse afin de vérifier la bonne position du levier qui permettait de faire apparaître la mosaïque sur le mur du caveau.

- Attention Mag reste bien sur tes gardes car le levier est remonté.
- Bien reçu JB. Rassure-toi, Benji ne bouge pas, il n'a détecté aucune présence

Un moment après, je réactionnai le mécanisme.

- Touche la mosaïque dans l'ordre. Une fois le dessin reconstitué tu pourras ouvrir la porte du mausolée. Je viens te rejoindre.

J'allai rejoindre Mag en faisant un léger détour pour brouiller les pistes

- T'en as mis du temps !

— *Oui je suis là. Heureusement que le mausolée est un peu éloigné par rapport au bâtiment principal.*

Nous avions de la chance car le sanctuaire était tourné d'une certaine façon et il était difficile de voir quoi que ce soit à moins de s'approcher. Magalie sortit sa lampe de poche pour éclairer le passage et on se retrouva dans une grande salle.

— *Tu vois ce que je vois JB ?*
— *Nom d'une pipe en bois, les dossiers.*

Effectivement farfouillant dans cet amas de cartons on trouva les lettres qui nous manquaient pour compléter la correspondance entre Gladys et Maria.

On était si obnubilés par notre trouvaille qu'on ne fit pas attention immédiatement au comportement de mon chien.

– *Je crois que ton chien veut nous dire quelque chose.*

– *Oui tu as raison il veut nous mettre sur une piste.*

La posture de mon chien nous indiqua que nous étions passés à côté d'un détail. En voyant ça Mag projeta la lampe tout autour de nous et mit en lumière plusieurs portes. On ouvrit sans problème la première et on ne trouva rien de spécial qui pourrait nous servir, derrière la deuxième on découvrit une stèle avec une inscription "à la famille Phips". En revanche sur la troisième on remarqua un objet inséré dans la serrure. On se rapprocha pour mieux voir et on aperçut la forme d'une clé. On la fit tourner et on entra dans la pièce que j'avais déjà visitée par une autre issue.

*_____*_____*_____*_____*_____*

CHAPITRE 17

MARIA PHIPS

--*-*

– *Bonsoir Jean Benoît*

– *Bonsoir Maria, je viens vous rapporter vos bagues. Ah mais c'est votre petite fille, quelle surprise !!*

– *Je vous présente effectivement ma chère Cécilia*

– *Et moi je vous présente Magalie avec mon chien Benji. Nous venons vous parler de votre coffret que nous avons découvert dans la buanderie. On a trouvé votre correspondance avec votre sœur Gladys et votre testament.*

– *Vous avez mis les documents en sûreté ?*

– *Oui nous les avons transmis à Susan pour qu'elle puisse les mettre à sa banque.*

– *Vous avez confiance en cette personne ?*

– *Depuis notre arrivée elle nous a bien aidés et ça fait quelques mois que Susan travaille dans cette auberge. Nous lui faisons confiance mais je vois que vous êtes sceptique !*

— Oui ça fait justement le même temps que je suis enfermée entre ces quatre murs.

— Et vous Cécilia, comment voyez-vous les choses ? intervient Magalie

— Je pense que Susan n'est pas son vrai nom, mais je n'ai pas vraiment de ressenti négatif envers elle. Je suppose que vous en savez plus sur elle que vous voulez nous dire. Je ne me trompe pas, n'est-ce pas ?

— Miss Dunlop est devenue notre amie et c'est vrai que nous avons quelques informations la concernant. On sait juste ce qu'elle nous a confié. Pour le moment on n'a pas eu le temps de faire des recherches sur elle. Nous sommes peut-être naïfs mais mon chien ne se trompe que très très rarement sur les personnes.

— Je conçois que votre chien ait un don naturel pour cerner les humains et je vous en félicite. Je ne mets pas en doute votre amitié avec Susan mais je pense qu'elle nous cache quelque chose, ajouta Cécilia.

– Merci pour votre confiance je vous promets de trouver ce qu'il en est. Vous pouvez nous en dire un peu plus sur votre situation ?

Maria reprit la parole :

– Normalement c'est ma fille Leandra qui aurait dû hériter de l'auberge et de mes biens. Mais comme elle a été internée……

– Internée ? Votre fille avait quel trouble pour avoir été enfermée ?

– Elle communiquait avec les animaux.

– Vous avez de ses nouvelles ?

– Non. On m'a raconté qu'elle s'était échappée. Puis les autorités m'ont informée qu'on l'aurait vue monter sur un bateau et ce bateau a fait naufrage. Elle a sûrement péri en mer.

– Quelle triste histoire mais revenons à votre sœur Gladys si vous voulez bien.

– Si vous permettez je vais m'arrêter, je suis fatiguée.

– Oui bien sûr nous comprenons mais nous n'avons pas beaucoup de temps et si votre sœur apprend que nous sommes ici on ne donne pas cher de notre peau. Surtout que nous sommes toujours à la recherche de la personne qui nous a enfermés dans notre chambre, et de celle qui a coupé l'électricité dans toute l'auberge.

– Elle m'a obligée à faire interner ma fille et à mettre Cécilia sur le testament. Voilà, vous savez tout.

CHAPITRE 18

COUP DU SORT OU TRAHISON

--*-*

J'eus soudain une alerte dans ma tête me disant qu'il allait y avoir du grabuge. Avant que ça se gâte je donnai discrètement le talkie-walkie à Benji en lui disant va chercher du secours.

— *Eh bien Cécilia, vous êtes une vilaine cachottière. On vous a attendue chez Arthur.*

Soudain elle sortit une arme.

— *Retenez votre chien*
— *Mon chien est libre d'aller où il veut.*
— *Je suis trop vieille pour ces idioties intervint Maria en s'effondrant sur le lit derrière elle.*
— *Vous allez faire quoi avec ce pistolet ! Nous tuer ?*
— *Ne me tentez pas. Asseyez-vous à côté de ma grand-mère.*

On exécuta ses ordres sans piper un seul mot. Puis Cécilia reprit :

- *Ça fait un moment que je vous observe. Nous avons joué la comédie, on savait que vous étiez dans le petit salon en train d'écouter.*
- *Pourquoi vous vous êtes liguées contre Maria ? Qu'est-ce qu'elle vous a fait ?*
- *Ce sont les circonstances qui ont exigé qu'on prenne ces décisions. On est endettées jusqu'au cou. On a le vice du jeu et on doit rembourser rapidement une certaine somme sinon....*
- *Sinon vous passez l'arme à gauche ?*
- *Oui, c'est bien résumé.*

Heureusement que Cécilia n'avait pas vu que j'avais encore le talkie-walkie entre les mains. J'espérais que Benji trouve Susan, pour qu'elle puisse entendre toute la conversation et qu'elle prévienne l'inspecteur Windo. La conversation reprit :

- *Je te faisais confiance Cécilia. On aurait pu s'arranger, j'ai pas mal bourlingué avant de tenir cette auberge. J'ai pu mettre des sous de côté.*
- *C'est trop tard, maintenant je ne peux plus reculer.*
- *C'est toi qui le dis ma chère petite, ajouta Maria*
- *Séquestration, menace avec une arme. Ça va vous coûter 60 ans de placard mais si le juge est clément vous aurez peut-être du sursis.*

Après mes paroles, j'ai senti qu'elle commençait un peu à paniquer. À mon avis elle a mis le doigt dans l'engrenage et maintenant elle ne sait plus comment s'en sortir. J'en profitai pour enfoncer le clou :

– *Vous savez quoi, quand Gladys va comprendre que vous avez parlé elle va tout vous mettre sur le dos. Eh oui Cécilia, c'est vous qui nous menaciez avec une arme ce n'est pas Gladys. Et c'est encore vous qui nous aviez enfermés dans notre chambre et qui aviez coupé les plombs.*

– *Taisez-vous, vous me déconcentrez. J'ai du mal à réfléchir.*

Magalie prit le relais :

– *Sincèrement Cécilia qui va-t-on croire ? Vous ou le cerveau de cette opération ? Qui a le plus à perdre dans cette histoire.*

Notre jeu verbal commençait vraiment à faire paniquer davantage notre ravisseuse.

– *Je vous ai déjà dit de la FERMER...*

Elle tremblait tellement de colère, que son doigt appuya sur la détente et une balle alla se loger dans le mur, à un mètre de nous. La détonation couvrit la fin de sa phrase.

> – *Vous voyez ce que vous m'obligez à faire. Plus un mot !*

Cécilia commençait à tourner en rond en se grattant la tête avec son flingue. Ça a mis le temps mais elle commençait à voir un peu plus clair dans notre jeu. Puis soudain elle s'arrêta.

> – *Je sais à quel jeu vous jouez, vous essayez de rentrer dans ma tête pour faire de la psychologie inversée.*
> – *Non, on ne voudrait pas déranger le maître du jeu, hein Cécilia ?*
> – *Je ne suis pas le maître du jeu. Et puis de toute façon vous n'avez pas de preuve.*

--------*----*----*---

CHAPITRE 19

PREMIERE ARRESTATION

--*-*

J'avais une folle envie de lui dire que mon chien était parti avec le talkie-walkie, et que moi j'avais gardé l'autre avec la fréquence ouverte. Avec un peu de chance Susan ou quelqu'un d'autre pourrait entendre la conversation. La chance continuait à nous sourire car Cécilia tournait le dos à la porte tout en continuant à nous tenir en joue. Tout à coup mon chien poussa Cécilia dans le dos et la fit chuter. Dans sa chute elle perdit son arme qui alla se loger sous l'évier. Du temps que mon chien continuait à gronder pour l'empêcher de se relever je me précipitai pour la maîtriser.

— *Voilà qui est fait, tu as bien travaillé mon chien.*

Benji jappa en signe de contentement.

— *On a eu chaud tout à l'heure, j'ai bien cru que la balle allait nous atteindre.*
— *Oui, comme vous dites Jean-Benoît intervint Maria*

Tout en parlant je pris ma ceinture pour attacher les mains de Cécilia dans son dos. Magalie se leva pour m'aider à la relever et la faire asseoir sur le lit.

- *Maintenant parlons peu mais parlons bien.*
- *Détachez-moi vous n'avez pas le droit de me retenir.*
- *Reste tranquille Cécilia, tu as perdu le droit d'exiger quoi que ce soit.*
- *Écoute ta grand-mère. Prends la bonne décision, évacue de ton esprit les mauvaises paroles de Gladys.*

Cécilia s'entêtait à nous dire que nous n'avions aucune preuve et que de toute façon le médecin la ferait passer pour folle. Maria s'emporta : « comment oses-tu entacher l'intégrité de mon ami Gia Cassa ! » « Je sais Mamie que c'est ton ami, mais il a fait une erreur médicale qui a coûté la vie à une jeune personne et ta sœur l'a découvert. » «

Si je comprends ma chère petite elle le fait chanter. » « Oui, elle a trouvé un article dans un vieux journal qui relatait les faits et il ne peut rien nous refuser. »

J'intervins dans la conversation :

- *Mais il n'y a pas que ça, il y a aussi la contrebande de cigarettes et de rhum, comme vient de me le rappeler mon amie Magalie.*
- *Ah non, là je n'y suis pour rien. C'est elle avec son homme de main qui a tout organisé.*
- *Nous voulons bien te croire, mais Gladys ne va pas l'entendre de cette oreille.*
- *Je suis prête à coopérer… Puis elle fondit en larmes*
- *Arrête de pleurer, Tu vas nous faire croire que tu as des remords, alors qu'avec ton arme tout à l'heure tu étais plus*

courageuse. Sans elle tu fais moins la fière, hein Cécilia.

— Mamie, je ne voulais pas en arriver là, j'ai paniqué.

C'est à ce moment-là que Susan fit son entrée en uniforme.

— Bien joué, avec le talkie-walkie j'ai tout entendu mais vous avez joué avec le feu.
— Merci Susan euh plutôt officier ....
— Continuez à m'appeler Susan. Je suis un policier en infiltration et parallèlement j'enquête dans le paranormal, comme je vous l'ai dit à tous les deux.
— Ouf, heureusement que tu as envoyé Benji
— Surtout merci à vous deux d'être allés voir mon coéquipier qui m'a tout de suite informée.
— Tu veux dire le gradé Windo ?
— Exactement Magalie.

Sur ces entrefaites Susan, Magalie et moi on a posé nos mains les unes par-dessus les autres en disant : « Comme diraient les 3 mousquetaires un pour tous et tous pour un ». (10) L'euphorie passée Maria nous fit redescendre sur terre.

– Je souhaiterais voir un médecin si ça ne vous dérange pas trop.

– Bien sûr, bien sûr Maria, excusez-nous je m'en occupe intervint Susan.

Elle alla rejoindre ses hommes pour leur donner des ordres. Tout le temps de notre conversation ces mêmes hommes en uniforme avaient récupéré les dossiers pour les éplucher au sein de leur service. Cinq minutes plus tard elle revint chercher Cécilia et nous annoncer que l'ambulance n'allait pas tarder. Pendant ce laps de temps on continua à parler avec Maria :

– *On va demander à Susan qu'elle mette un policier devant votre chambre au cas où.*

– *Vous êtes sûr que c'est nécessaire ? Je pense que ma sœur ne me fera pas de mal.*

– *Vous êtes naïve, vous pensez qu'elle va vous laisser comme ça. Elle est en fuite je vous rappelle.*

– *Elle m'a séquestrée donc si elle avait voulu me supprimer elle l'aurait déjà fait.*

– *C'est fort possible, mais maintenant vous êtes libre et ça change la donne.*

– *Eh oui Maria, vous pouvez contester le testament en mettant un autre bénéficiaire, ajouta Magalie*

*____*____*____*____*____*

10 - Alexandre Dumas

CHAPITRE 20

L'HOPITAL DE SALVATIERRA

--*-*

Du temps qu'on parlementait avec Maria, Susan revint pour nous annoncer que l'ambulance était arrivée. On en profita pour demander à Susan une protection policière devant la chambre de Maria. Elle nous répondit qu'elle préférait mettre un dispositif, une sorte de souricière, qui serait plus efficace. On prit l'initiative de monter dans l'ambulance avec Maria pour l'accompagner à l'hôpital. Sur le trajet on respecta le silence de Madame Phips qui s'était assoupie. Elle venait de subir une lourde épreuve de plusieurs mois. Quelques instants plus tard on arriva à l'hôpital. Sur place un infirmier nous barra le passage en nous montrant un écriteau. On ne comprit pas tout de suite le sens du texte. Comme l'infirmier s'était arrêté à l'entrée on demanda à Maria de nous le traduire.

> *– Vous pouvez nous dire ce qui est écrit sur la pancarte ?*

> *– Mes jeunes amis ça veut tout simplement dire que votre chien est interdit dans l'hôpital.*

—   *Ah c'est la chienlit, vous ne pouvez pas dire que c'est le vôtre Siouplaît.*

—   *Désolée j'aurais aimé vous aider mais les règles sont strictes.*

Maria rentra dans l'"hôpital pour passer des examens de routine. On resta devant le bâtiment à jouer à papier ciseau pour savoir lequel de nous deux ferait le guet devant la chambre pendant que l'autre resterait aux alentours de l'hôpital avec Benji. Comme on avait contribué à enrayer les plans de Gladys Phips en faisant arrêter Cécilia et en libérant Maria de son calvaire on supposait qu'elle n'allait pas en rester là. On n'avait rien dit du plan de Susan à Maria de peur qu'elle ne soit pas d'accord, après tout c'est de sa sœur jumelle qu'il s'agissait Il se faisait déjà tard et la nuit était tombée depuis un moment déjà. Pendant toutes ces heures avec Magalie on se relaya tour à tour devant la chambre de Maria tout en restant à bonne distance pour éviter les rencontres impromptues et surveiller les personnes qui n'étaient pas autorisées à rentrer dans la chambre. Le dispositif était simple il y avait un policier déguisé en infirmier à chaque entrée du bâtiment plus un à l'accueil qui surveillaient les entrées et les sorties de l'entrée principale. Heureusement les portes de chaque chambre étaient protégées avec une carte magnétique. On savait que c'était une question de temps avant que Gladys tente quelque chose car Susan avait fait paraître dans l'édition du soir du journal local que Maria Phips était à l'hôpital et en bonne santé. Il était dit aussi dans l'article qu'elle pourrait bientôt informer les autorités des magouilles de sa sœur et la faire traduire en justice. De plus le duo de choc Susan et son partenaire Windo avaient demandé à leur indic de faire courir le bruit que Cécilia avait coopéré pleinement avec les autorités et avait tout raconté à sa grand-mère lors de la fin de captivité de celle-ci. Avec toutes ces informations Gladys Phips ou son homme de main ne pourraient pas laisser un témoin derrière eux.

En cette belle matinée, le soleil brillait à travers la fenêtre d'une des chambres de l'hôpital. On s'éveillait doucement car Susan avait pris notre relais mais la dure loi de la réalité nous fit sursauter car soudain on entendit une alarme stridente. On se précipita dans le couloir pour voir ce qu'il se passait avec mon chien sur les talons. En définitive on avait pu le garder pour la nuit. L'alarme anti-incendie avait été déclenchée pour provoquer une panique dans l'hôpital. On ne perdit pas de temps on se dirigea directement vers la chambre de Maria. Sans se consulter Susan eut la même idée que nous et on se rejoignit en un rien de temps.

> *– Toi aussi tu trouves ça bizarre ?*
> *– Oui ! entrons pour voir.*

Tout en disant ça Susan sortit son arme d'une main et de l'autre déclencha l'ouverture de la porte et pénétra dans la chambre.

‒ *Mains sur la tête ! Contre le mur !*

En entendant crier on se précipita à l'intérieur pour voir Gladys Phips près de sa sœur.

‒ *Vous arrivez juste à temps. C'était à deux doigts les jeunes, dit Maria*

Nous sommes tous bouleversifiés par cette situation. J'avais vraiment envie de lui jeter un sort « langue de plomb " (11) pour éviter qu'elle sorte des sottises… mais bon !!!!

‒ *Je voulais juste voir ma sœur je n'ai rien fait moi.*
Les yeux de Susan sont comme des radars, rien ne lui échappe.

‒ *Arrêtez de nous baratiner Madame Phips. C'est quoi la seringue que vous tenez en main ? On sait tout…on sait très bien que vous avez pris la place de votre sœur pour* toucher l'héritage et que vous avez des dettes de jeu. Cécilia a été arrêtée donc elle n'est plus en mesure de garder sa place sur le testament.

Pendant ce temps Susan mit les menottes à Gladys.

11 – texte J. K. Rowling

CHAPITRE 21

GRIEFS ENTRE SŒURS

- *Je n'ai rien à vous dire.*

- *Et pourtant il va falloir nous donner les noms de vos complices.*

- *Peu importe intervint Susan. On a vos dossiers. On va éplucher tout ça et même si vous avez fait attention à ne rien noter de compromettant il y a toujours un petit détail qui fait chuter le roi ou la reine, en l'occurrence dans ce cas présent ce sera la reine. Alors arrêtez de nous faire perdre du temps et mettez-vous à table.*

- *J'exige un avocat.*

- *Un avocat vous dites, ça dépend du district fédéral. Ça peut prendre des jours. Ne gaspillez pas votre salive à nous dire des banalités et allez directement au fait.*

Gladys fit un signe de la tête en direction de Maria en élevant le ton.

– *Tout ça c'est de ta faute ! J'ai dû me débrouiller toute seule. Ils t'avaient choisie toi. Pour nos parents j'étais une erreur. Rien n'était assez bien pour eux, tu étais la fille parfaite.*

– *Je comprends mais je ne te pardonne pas le fait que tu aies mêlée Cécilia à tes magouilles ni le chantage odieux que tu n'as pas hésité à faire sur notre médecin de famille. Pour ta gouverne les journalistes de l'époque ont calomnié Gia Cassa en l'accusant à tort. Je n'accepte pas non plus que tu aies fait enfermer ma fille Léandra. Et puis je ne suis pas responsable du choix de notre père.*

– *C'est facile à dire pour toi ; tu as eu une vie confortable. Tandis que moi j'ai vécu un peu en foyer d'accueil que j'ai dû quitter parce qu'on m'avait accusée de vol et bien que je n'aie pas pu prouver mon innocence je n'ai pas eu de poursuite. J'ai vécu aussi un peu dans la rue. J'ai dû trouver du boulot rapidement pour financer les loyers ; je n'avais même pas les toilettes. Il fallait que j'aille dehors par tous les temps et on était tellement serrés dans ce bidonville que je n'avais pas vraiment d'intimité. Ce bidonville se situait à Ciudad Mexico. Comment peux-tu te retrancher derrière la décision de notre père, alors qu'il n'est plus là pour te contredire.*

– *Détrompe-toi notre père est toujours en vie. Il a juste changé de nom.*

Gladys roula des yeux et pris un air choqué

– *Comment tu as pu me cacher ça !*

Maria ferma les yeux un instant pour se concentrer avant de répondre.

– *Si tu avais agi autrement, je t'aurais informée bien plus tôt. Je veux bien concéder à te dire le nom de notre père.*

– *Vas-y accouche, qu'est-ce que tu attends.*

– *D'accord à une seule condition.*

– *Je t'écoute.*

– *Avant tout il faut que tu prennes l'entière responsabilité de tes actes et que tu laisses Cécilia en dehors de tout ça. Promets-le !*

– *Tout ce que tu voudras sœur.*

Je dis à Mag à voix basse : « C'est moi qui me fais des idées ou Gladys est subitement très conciliante ». Elle me répondit : « Chut » « D'accord écoutons la suite »

– *Notre père se fait appeler Alexandro Westwood. Je peux te dire aussi qu'il a acheté une ile. Cette ile on l'appelle "Ile interdite" elle n'est pas très loin d'ici.*

Je pris part à la conversation

– Je rajouterai que votre père est le maire d'un village voisin. Je ne peux pas vous dire comment on le nomme car nous l'avons oublié.

Après mes dires les deux sœurs se regardèrent complètement abasourdies par mes déclarations. Puis elles reprirent le cours de la conversation.

– Comment ça, vous connaissez notre père ? reprirent en chœur les sœurs
– Ben oui on l'a croisé lors de notre arrivée. Notre premier contact a été cordial mais par la suite ça s'est gâté. Hein Mag !
– Oui parfaitement ça a été une course-poursuite à travers son repère.

La mère Gladys commençait vraiment à paniquer. Ça lui a foutu un choc de savoir qu'on connaissait à la fois son père et son associé. En l'occurrence Maria ne laissait rien paraître mais on savait que nos déclarations l'avaient vraiment surprise. On s'excusa auprès de Susan de l'avoir tenue à l'écart de cette partie de notre aventure. Susan nous dit aussi que c'était vraiment étonnant de voir comment les gens pouvaient se comporter après certaines révélations. Sur ce, on poursuivit notre discussion :

- Alexandro vous a-t-il parlé de nous ?
- Pas vraiment, on n'a pas eu vraiment le temps de papoter. En revanche sur son bureau il y avait deux photos qui vous représentaient.
- Ah très bien ! ça doit être notre mère qui a dû les lui donner, dit Gladys.

Maria poursuivit :

- Ça m'étonnerait ! Ce serait plutôt le genre de notre père d'engager quelqu'un pour prendre des photos de nous à la sauvette.

— Et peut-être qu'avec le temps il s'est racheté une conduite envers votre mère, ajouta Magalie.

— Peut-être que oui, on n'a pas su s'il était venu la voir à l'hôpital quand elle était malade, formula Maria.

On avait pas mal dégrossi la querelle entre Maria et Gladys. Mais il y avait encore une chose qui fallait qu'on leur dise sur leur père justement. Et ça n'allait pas arranger les choses.

— On a d'autres informations concernant votre père !

Les trois filles, c'est à dire Maria, Gladys et Susan s'interrogèrent du regard et dirent au même moment.

— Nous vous écoutons.

– En fait Gladys vous ressemblez à votre père en voulant tuer votre sœur comme votre père a tué son frère Alexandre.

– Vous plaisantez ! s'emporta-t-elle

– Et non malheureusement vous êtes associée à un meurtrier. Parce que c'est bien votre associé n'est-ce pas ? Alors dites-nous la vérité !

– Oui je l'avoue c'est bien mon associé.

On s'est excusés auprès de Maria pour ces révélations qui étaient dures à encaisser, surtout pour elle qui était restée en contact avec cet individu malsain et manipulateur.

– Je savais que notre père trempait dans des magouilles mais je ne pensais pas que c'était à ce point là, ajouta Maria.

– C'est nous qui avons enterré ce pauvre Alexandre.

– Vous attendiez quoi pour m'en parler vous deux.

- *Euh le bon moment. Hé oui Susan, on voulait récolter des preuves avant de t'en parler*
- *Ouais ! Je vous retiens ; vous avez quoi d'autre à me dire ?*
- *Il y a quelques jours on l'a vu au marché.*
- *Ah mais c'est pour ça que vous étiez blancs comme un linge, comme si vous aviez vu un fantôme.*

On lui répondit que c'était exact et puis avec les déboires qu'on avait eus avec lui on ne voulait pas retomber dans ses pattes. Avec tout ça on avait complètement oublié de dire au responsable de l'hôpital que c'était une fausse alerte. Comme par hasard cinq minutes plus tard on aperçut un des responsables qui passait dans le couloir. Susan l'intercepta et lui expliqua les choses calmement :

- *On est désolés pour le désagrément encouru.*

Il repartit en comprenant que nous devions arrêter une criminelle. En parlant de la scélérate il fallait qu'on lui demande comment elle avait pu rentrer dans la chambre de Maria.

- *Qui avez-vous amoché pour pouvoir rentrer dans la chambre ?*
- *J'ai soudoyé un infirmier. Je suis encore présentable physiquement parlant ; regardez dans mon sac j'ai une perruque et une paire de lunettes. C'est comme ça que j'ai pu passer le garde.*
- *Il a vraiment de la graisse de bines devant les yeux ou quoi ? intervint Maria.*
- *A sa décharge il n'avait pas de photo de signalement.*
- *Bah ouais mais en attendant j'ai failli y passer.*

La remarque de Maria était justifiée, on aurait dû être plus vigilants en mettant un garde supplémentaire devant sa porte. Mais d'un autre côté si on avait mis une surveillance devant son entrée, on n'aurait pas pris Gladys en flag.

- *On le reconnaît Maria c'était risqué mais on n'avait pas le choix. C'était le seul moyen d'attraper votre sœur.*
- *J'adore quand un plan se déroule sans accroc. (12)*
- *Bien dit JB renchérirent Susan et Magalie.*

Il était temps de laisser Maria se reposer et de la laisser digérer la tentative d'assassinat sur sa personne. En partant on lui dit :

- *Ne vous inquiétez pas on se reverra dans quelques jours.*
- *J'y compte bien, je vous raconterai à ce moment-là l'histoire de mon pays.*

Sur cette note positive on prit congé en emmenant Gladys Phips hors de ces murs. En sortant Suzanne dit à Gladys :

   — *C'est bien joli de nous avoir raconté tout ça mais comme dit le proverbe les paroles s'envolent et les écrits restent. Alors Madame Phips vous allez tout nous redire au poste mais cette fois ce sera par écrit.*

Tous les policiers embarquèrent dans leurs voitures banalisées pour retourner au commissariat. Quelques minutes plus tard on alla faire notre déposition sur le déroulement de ces derniers jours. Cette épreuve terminée on nous raccompagna à l'auberge. On était épuisés, mais pas mécontents de notre journée. On a fini par aller se coucher.

– On en reparlera incessamment sous peu, demain il fera jour .... Passe une bonne nuit ma vieille.
– Toi aussi

Benji se coucha aux pieds de Magalie

*____*____*____*____*____*

12 – réplique de la série agence tous risques

CHAPITRE 22

LES FRERES THOMAS

--*-*

Le lendemain matin on s'éveilla avec un poids en moins sur les épaules. On pouvait être fiers d'avoir fait arrêter une partie de la bande à Alexandro. Mais il nous restait à faire mettre en prison le chef de ce réseau. Pour finaliser ce projet il fallait aller revoir Arthur pour s'excuser et négocier avec les frères Thomas notre voyage sur "l'île interdite", si les pêcheurs étaient revenus de leur tournée en mer. On se dirigea alors vers le bar Los Amigos du village de San Lorenzo. C'était le nom du village où nous avions pris asile il y a de ça maintenant plusieurs semaines.

    — *Ah vous voilà enfin tous les deux je vous félicite pour votre enquête.*

En joignant la parole à l'action il nous montra l'article du journal qui relatait nos exploits.

    — *Merci euh ! on voulait un peu s'excuser car comme nous étions à la recherche d'un coupable ... on t'a un peu soupçonné !*

– *Je me disais bien aussi. C'est pour ça que vous ne m'en disiez pas trop, juste le strict minimum.*

– *Mais ne t'inquiète pas on a pris juste tes empreintes pour vérifier avec celles qu'on avait déjà. Mais comme elles ne correspondaient pas on t'a tout de suite écarté.*

– *Pas de problème les jeunes je ne vous en tiens pas rigueur. En revanche les frères Thomas sont arrivés. Ils sont là-bas dans le coin gauche*

– *Super, merci Arthur. Tu nous mets une tournée s'il te plaît.*

Les frères Thomas étaient effectivement bien installés à une table un peu isolée du reste de la salle. Mon chien s'approcha sans crainte, ça voulait dire qu'on avait affaire à de bonnes personnes.

- *Messieurs Bonsoir, je me présente Jean Benoit Jackson et Magalie Reynolds et mon chien Benji.*

Les frères répondirent d'une même voix : enchantés

- *Je vous présente Clément, Jean-Louis et moi c'est Paul. Nous sommes une fratrie de pêcheurs de père en fils.*

Cette présentation terminée on commença à discuter de choses et d'autres et arroser notre semi-victoire. Arthur nous rejoignit et on trinqua à la justice en faisant claquer nos verres. Un lien de sympathie s'était formé au sein du groupe. Sans perdre plus de temps on rentra dans les négociations.

- *Messieurs, messieurs nous avons une requête à formuler !*

– Oui nous savons, Arthur vous a devancé. Et on est partant pour vous conduire à "l'île interdite " plus connue sous le nom de " l'île de la Dague " et paradisiaque. Ça sera un périple dangereux mais on en a vu d'autres n'est-ce pas mes frères ?

Clément et Louis approuvèrent. Plus on discutait et plus on se rendait compte que les frères étaient soudés comme un roc. Ça se voyait qu'on pouvait compter sur eux en toutes circonstances. On finit par aborder avec eux le sujet qui nous préoccupait.

– On voulait vous parler d'un naufrage qui eut lieu il y a quelque temps. Une jeune fille a disparu dans ce sinistre et peut être en aurez-vous été témoins ?

– Pourquoi vous intéressez-vous à ce naufrage ?

– Parce qu'on a une connaissance qui cherche à savoir si la jeune fille qui a *disparu dans cette catastrophe est toujours vivante ou si elle doit faire son deuil ?*

— *Comment s'appelle votre amie ? On la connaît peut-être.*

— *Maria Phips, c'est la personne qu'on vient de libérer et sa fille s'appelle Dopavani Léandra.*

Les frangins nous répondirent par l'affirmative. Ils connaissaient bien Maria car il la voyait souvent à la criée. Elle achetait du poisson pour son auberge mais ça faisait plusieurs mois qu'elle n'était pas venue. Maintenant ils comprenaient pourquoi et c'est pour cela qu'ils souhaitaient vraiment répondre à nos questions.

— *Pouvez-vous nous dire si oui ou non la fille de Maria va bien. Ça permettrait de rassurer sa mère.*

— *Nous ne connaissons pas son nom mais on peut vous dire que nous l'avons recueillie à bord et elle nous a demandé de la déposer sur " l'île interdite ". On a voulu en savoir un peu plus mais elle nous a juste dit qu'elle connaissait du monde sur cette île. Avant de la déposer on lui a donné des affaires de rechange.*

– *Vous avez prévenu quelqu'un que vous l'aviez déposée sur cette île ?*

– *On ne l'a pas fait parce qu'elle nous a suppliés de ne pas le faire. Et de plus quand nous sommes arrivés au ponton d'amarrage il y avait des personnes qui l'attendaient et un deuxième bateau qui était amarré.*

Magalie et moi étions ravis pour ces bonnes nouvelles. Magalie sentait dans ses tripes que nous allions retrouver la fille de Maria sur cette île. On savait que l'île n'était pas très grande et qu'on pourrait essayer de localiser Léandra pour pouvoir la ramener auprès de sa mère si elle le souhaitait, et faire coffrer par la même occasion

Alexandro et toute sa clique. Au bout d'un moment ils nous annoncèrent :

- *Si vous le voulez on peut lever l'ancre dans un moment.*
- *Parfait, ça serait génial, merci.*
- *Avec plaisir on vous laisse aller récupérer quelques affaires et on vous attend au port : départ dans une demi-heure.*
- *On y sera capitaine*

*____*____*____*____*____*

CHAPITRE 23

L'ILE INTERDITE

– *Bienvenue à bord matelots.*

– *Ouaf-ouaf*

– *Merci Capitaine, ça veut dire qu'il est ravi.*

Nous venions tout juste de quitter le port du village de San Lorenzo qu'une tempête s'annonça et grossit à vue d'œil.

– *J'arrive à peine à voir à travers le brouillard. Jeune gens, j'ai besoin que vous me guidiez. Allez à l'avant et ouvrez l'œil, ça va passer. Il faut être vigilant. Il faut croire à notre Sainte patronne la bonne étoile et nous réussirons à atteindre l'île, entiers. Prenez la boussole et cette grosse lampe torche, elle nous aidera à garder le cap.*

– *Pas de problème capitaine on va ouvrir l'œil.*

Après un zigzag entre les récifs on arriva du côté nord de l'île "de la Dague" ou " l'île interdite ". Elle ressemblait à un S. On accosta et on prit pied sur un ponton avec des lames en bois. Puis on foula une plage de sable fin. Nos regards s'arrêtèrent un instant sur l'étendue sableuse et au loin on aperçut une paillotte derrière laquelle commençait la végétation de l'île. Du bateau on entendit le capitaine jurer :

  – *Foutu rafiot, super ! le moteur est en panne. Il faut qu'on le répare pour qu'on puisse repartir.*
  – *Capitaine ...*
  – *Oui moussaillons*
  – *Du temps que vous réparez on va un peu s'aventurer dans l'île.*
  – *Pas de problème, soyez prudents.*

Pendant ce temps sur notre gauche une forte activité faisait rage. Des hommes aidés par des primates déchargeaient du matériel. Bizarrement ces singes étaient dociles comme si quelqu'un leur indiquait quoi faire.

Revenons à nos deux aventuriers.

Magalie de dos sur la plage regardait l'horizon. Tout d'un coup je criai :

> *– Cours Mag, on a les abeilles aux fesses !*

Heureusement on n'était pas loin du bord et on plongea la tête la première, suivis de mon chien. On resta sous l'eau le temps que les abeilles disparaissent. Je dirai peut-être une minute ou même moins et les abeilles retournèrent se cacher dans la végétation. Alors que nous étions dans l'eau quelque chose m'agrippa et me relâcha quelques instants plus tard. En sortant de l'eau je ressentis une douleur au mollet droit.

> *– Serre les fesses je vais te soigner.*
> *– Je voudrais bien t'y voir, ça fait un mal de chien.*

– *Quelle idée aussi de se faire caresser par une méduse !*

– *Je suis mort de rire ! Comme si je l'avais fait exprès ! Regarde mon mollet il est plein de cloques.*

– *Bien, bien ! première chose on va le rincer à l'eau de mer, deuxième étape on va enfouir ton mollet dans le sable humide et on va le recouvrir complètement enfin de le laisser mijoter au chaud pour diffuser le venin pendant une minute ou deux et puis je retirerai le sable tout doucement avec une feuille.*

– *Et ensuite ....*

– *Il faudra que tu sois patient et une fois rentrés à l'auberge je te mettrai de la pommade.*

– *Merci mon infirmière préférée. Comment as-tu su ce qu'il fallait faire ?*

– *Eh bien figure-toi que je ne dormais pas avant-hier soir et je me suis levée pour regarder la télévision. Je suis tombée par hasard sur un reportage qui disait comment faire en cas de brûlures de méduses.*

– *C'est bien tombé, pas que tu aies eu une insomnie mais que tu aies vu ce reportage.*

D'un autre côté on ne pouvait pas regarder sur nos téléphones portables car Alexandro Westwood nous les avait confisqués lors de notre incarcération dans son repaire.

Entre-temps sur le bateau des pêcheurs.

– *Jean-Louis, tu peux commander par radio une courroie pour notre moteur 3202. Il faut demander à la capitainerie de la filer aux garde-côtes pour qu'ils puissent nous l'apporter.*

– *Bien je fais ça et je te donne la réponse.*

Paul finit par dire :

– *Over ! fin de transmission.*

Comme la réponse venait à tarder, Jean-Louis commençait à s'impatienter.

– *Alors tu dors ou quoi ?*
– *Non je ne dors pas, nous aurons la courroie dans quelques jours.*
– *Quoi, nous sommes coincés là !*
– *Et ce n'est pas tout, les garde-côtes sont en mission à l'extérieur.*
– *Ah ! quand le mauvais karma s'y met ...*
– *Je les préviens par radio qu'on est en panne.*
– *Pendant que tu fais ça, je vais voir si je trouve nos deux passagers.*
– *Tu fais bien de les prévenir. Comme ça ils auront plus de temps pour inspecter les environs. Prends Clément avec toi, vous couvrirez plus de terrain.*
– *Excellente idée, frérot.*

Retournons auprès de nos deux flibustiers.

Nos mésaventures continuaient, Magalie venait à peine de me soigner qu'elle commença à marcher à reculons et soudain se mit à courir en direction de la paillotte.

> *– Qu'est-ce qui t'arrive ?*
> *– Serrrrrrrpent !*

Sur ces paroles je me retournai et effectivement j'aperçus un reptile d'une certaine longueur, de couleur verte, bleue et beige. Il avait la mâchoire ouverte comme s'il allait nous avaler tout crul. Je pris mes jambes à mon cou et je rejoignis ma compagne d'aventure.

Revenons aux frères Thomas

> *– Eh bien ils n'ont pas été loin.*

—   Oui comme tu dis Clément allons les rejoindre et demandons-leur ce qui leur a fait peur.

Cependant à la lisière de la végétation d'acajous et d'ébènes une femme observait la scène. Elle reconnut deux des personnes qu'elle voyait. Elle resta là un moment à scruter pour savoir ce qu'elle devait faire. Ses pensées étaient divisées en deux parties. L'une étant de savoir si elle devait faire son rapport auprès de monsieur Alexandro ou bien ne rien lui dire et faire confiance aux deux autres personnages qu'elle voyait.

Laissons là cette mystérieuse personne pour l'instant et intéressons-nous de nouveau au groupe près de la paillotte.

—   On vous laisse vadrouiller seuls et on vous retrouve tout trempés.
—   Ne m'en parlez pas, c'est une longue histoire.
—   Vous avez allumé un feu ?

– *Il fallait bien pour nous sécher. On était trop fatigués pour revenir au bateau.*

– *Ah Ok ! Mais avec quoi avez-vous fait votre feu ? intervint Clément*

– *On a trouvé un morceau de corde dans la paillote et du coup on s'est fait un archet. Puis on a taillé une branche avec une pierre en biseau, et enfin on a pris un coquillage pour tenir la branche afin d'éviter de se brûler et on a frictionné tout ça. Puis on a rajouté de la mousse pour enflammer les morceaux de bois.*

– *Comme les hommes préhistoriques quoi !*

– *Exactement et de plus j'ai une brûlure faite par une méduse. Il me faudrait de la pommade cicatrisante.*

– *Nous sommes désolés car nous sommes coincés sur cette île pour quelques jours. La courroie de notre moteur a lâché. Et pour la pommade cicatrisante on n'en a pas à bord.*

– *Dommage ça aurait été trop beau.*

– Autre question, on vous a vu courir qu'est-ce qui vous a fait peur demanda Jean-Louis ?

– He bien... euh... Magalie a la trouille des serpents et des araignées.

– Oui surtout celui-là avec sa bouche ouverte, avec ses trois couleurs bleu vert et beige.

– Ah oui je vois bien c'est un serpent perroquet. Il n'est pas venimeux, il gobe ses proies.

– Merci pour l'info mais pour moi il est toujours effrayant.

– Je comprends. Vous restez ici ce soir ?

– Oui ça nous rappellera de bons souvenirs.

– C'est une paillotte rudimentaire mais vous y serez à l'abri. Ah, autre chose, il n'y a pas de réseau téléphonique sur l'île.

– Ça tombe bien on n'a plus de téléphone portable.

On remercia les frères Thomas puis ils s'en retournèrent à leur bateau en promettant de revenir nous voir dès qu'ils auraient la courroie pour leur moteur. Une fois seuls je dis à Mag :

— *Demain on aura une belle journée, regarde le ciel est tout rosé ce soir.*

Quelques heures passèrent. Nos vêtements furent enfin secs et on se rhabilla pour la nuit.

CHAPITRE 24

LA PRINCESSE DES ANIMAUX

J'avais veillé une partie de la nuit pour alimenter le feu afin qu'on puisse avoir un peu de chaleur car avec la tempête que nous avions essuyée la température était descendue bien bas.

Mais laissons de côté nos deux héros et revenons à la femme mystérieuse. Elle laissa des guetteurs pour la nuit et revint le lendemain matin pour questionner les animaux épieurs avec capacité d'obéissance incomparable. Une fois les infos collectées, elle retourna voir Mr Alexandro Westwood.

– *Que disent tes sentinelles par rapport aux intrus d'hier.*

– *Rien d'inquiétant monsieur.*

– *Tu es sûre Léandra !*

– *Chef, ne m'appelez plus Léandra. J'ai fait une croix sur mon passé en venant ici et maintenant je m'appelle Salsa. Oui je suis tout à fait certaine, tout est calme.*

– *Bien ! comme tu veux. Quant à toi laisse-moi maintenant et retourne les espionner.*

– *Comme voudra sa seniorissime !*

– *Allez et ne sois pas désinvolte.*

Et c'est ainsi qu'elle se retira sans ajouter un mot. Elle pensait très fort qu'elle avait réussi à endormir son chef mais elle se trompait lourdement. À peine avait-elle quitté les lieux qu'Alexandro activa une machine qui lui permettait à lui aussi de maîtriser certains animaux. Heureusement c'était une minorité. La majorité des animaux sur cette île était bien sûr contrôlée par la bienveillante Salsa, la princesse des animaux. Léandra ne les soumettait pas pour son propre profit. C'est pour ça que les animaux continuaient à rester auprès d'elle. Mais comme je viens de le dire son chef avec son dispositif avait réussi à contrôler les serpents. Ces animaux étaient plus sensibles à la malveillance qu'à la bienveillance. Le truc avec ce mécanisme envoyait une musique sur une certaine fréquence que seuls les serpents pouvaient capter. Une fois que la musique était entendue par les serpents Alexandro pouvait les contrôler avec la voix et ses ordres étaient très clairs. Il leur ordonna de poursuivre Léandra pour lui faire peur et surtout lui faire comprendre qu'il n'était pas dupe.

Soudain on entendit un cri que l'on perçut distinctement car la personne en détresse devrait être à quelques encablures de notre position. On essaya de s'orienter mais dans cette étendue végétale on ne savait pas où chercher. On commença à l'appeler, en lui demandant où elle était. Le son de nos voix parvint à ses oreilles et elle nous répondit :

– Par ici.
– Eh oh, répondez-nous !
– Je suis accrochée à une pierre dans une crevasse. Faites attention il y a des serpents autour. Prenez des branches et faites du bruit pour les faire fuir.

Effectivement on se retrouva nez à nez avec deux ou trois serpents en position d'attaque. On prit nos morceaux de bois et on fit un max de bruit. Au bout d'un moment le son de nos bâtons couvrit celui de la flûte qu'on entendait au loin. À ce changement les serpents réagirent immédiatement et s'enfuirent. Comme par magie quelques instants plus tard la musique s'arrêta.

- *Il faut qu'on trouve quelque chose pour la remonter.*
- *Par exemple aller chercher sur le bateau l'échelle de secours me suggéra Magalie*
- *Dacodac Mag, tu restes avec Benji pendant que je vais la chercher.*
- *Allez au sentier qui serpente pour retourner à la plage ça sera plus court ajouta l'inconnue.*
- *Génial merci !*

J'avais à peine mis les pieds sur la plage que Magalie se fit encercler par des singes qui restèrent à bonne distance sans montrer la moindre agressivité.

Du côté du bateau.

– *Hello les frangins, je peux vous emprunter l'échelle de secours ?*
– *Bien sûr, mais elle s'appelle revient.*
– *Sans problème*
– *C'est pour quoi faire au juste ? demanda Paul*
– *Pour aider une dame à remonter d'une crevasse.*
– *Une donzelle en détresse, reprirent en chœur les 3 frères !!*
– *Oui ! Merci pour l'échelle.*
– *Il n'y'a pas de quoi, vous avez besoin d'un coup de main ? poursuivit Jean-Louis*
– *Ça devrait aller ! Je peux vous emprunter ce couteau aussi ?*
– *Faites donc mais vous savez comment il s'appelle.*

– Oui ! Oui, je vous promets de vous le rapporter.

Sur ces paroles je laissai les 3 frères s'interroger et retournai auprès de Magalie. La remontée fut moins aisée que la descente mais malgré tout j'ai pu arriver en haut de la colline sans encombre.

– Vite ! Vite, elle va bientôt lâcher.

Je déroulai l'échelle et la plaçai à gauche de la jeune femme. Puis je taillai avec le couteau deux gros morceaux de bois pour les enfoncer dans la terre, afin d'y accrocher l'échelle pour qu'elle puisse grimper. Mais avant tout cela la princesse intercéda en notre faveur auprès des autres animaux. Et c'est ainsi qu'elle nous expliqua que les animaux avaient eu peur pour elle et qu'il fallait qu'on comprenne leur comportement car ils voulaient juste lui donner un coup de main.

– *Merci pour votre aide, je suis la princesse Salsa.*

– *Enchanté, moi c'est Jean Benoît Jackson et mon chien Benji. Je suppose que vous avez déjà fait connaissance ? Vous voulez plutôt dire Léandra la fille de Maria Phips ?*

– *Oui votre amie m'a déjà posé la question et s'est déjà présentée. Mais j'ai laissé tomber ce nom car cela me rappelle trop de souvenirs désa-gréables.*

– *Vous ne pouvez pas imaginer le chagrin de votre mère en vous croyant disparue.*

– *Comme vous y allez ! Elle m'a fait enfermer tout de même. Si Alexandro n'avait pas organisé mon évasion je serai en train de pourrir dans ma cellule à l'asile.*

– *Il faut que vous sachiez que votre mère a été aussi enfermée par sa sœur Gladys.*

– *C'est quoi encore cette élucubration ?*

– *On vous dit la vérité. C'est nous qui l'avons libérée et nous pouvons même ajouter que*

Gladys est complice d'Alexandro Westwood alias Alain Phips le père de Maria et de Gladys.

- *Que dites-vous ? Allons dans ma cabane pour continuer cette conversation*

Après un moment de marche, la princesse Salsa ou si vous préférez Léandra actionna un levier et une cage tressée avec des cordes et un socle en bois descendit. On l'emprunta illico presto puis on marcha sur une passerelle. On se retrouva seuls un instant et j'en profitai pour dire un mot à ma compagne.

- *Heureusement que tu es là. Grâce à toi j'ai toujours les pieds sur terre, je voulais juste te le dire.*
- *Merci JB, mais tu sais avoir une part de rêve c'est aussi important.*

Sur ces paroles, je pris Magalie par le bras et on continua à avancer sur la passerelle himalayenne que la princesse avait confectionnée avec des lianes entortillées. On arriva sur une grande plateforme entourée d'une rambarde.

--------*----*----*----*

CHAPITRE   25

UNE AIDE PRÉCIEUSE

- *Ici on sera en sécurité. C'est mon domaine avec mes amis les singes hurleurs.*
- *Revenons à ce que vous disiez tout à l'heure par rapport à Alexandro. Vous avez oublié de nous dire que les frères Thomas vous avaient sauvée de la noyade.*
- *Oui c'est vrai, des pêcheurs m'ont déposée sur cette île. Donc vous êtes aussi au courant pour ça ?*
- *Oui ! Donc vous ne saviez pas comment ils s'appelaient, continua Magalie.*
- *Non c'est vrai, je ne leur ai pas posé la question.*
- *On peut vous apprendre aussi que nous sommes venus avec les frères Thomas et si vous le souhaitez on peut vous ramener auprès de votre mère.*
- *On verra, on verra ! dans un premier temps je vais vous aider.*

On la remercia et pour être sûrs de sa loyauté envers nous on lui donna quelques infos de plus.

– *On a plusieurs choses à vous communiquer concernant Alexandro.*

– *Allez-y ! Ça ne peut pas être plus grave que les autres infos, si ?*

Je regardai Mag qui me fit un signe pour m'encourager à lui dévoiler la vérité.

– *Votre grand-père a assassiné son frère Alexandre et il doit payer pour ça.*

– *Vous plaisantez… je ne peux pas croire ça, c'est trop horrible.*

– *Encore une fois nous sommes désolés mais c'est nous qui avons enterré les ossements de ce pauvre Alexandre. Malheureusement il faudrait retrouver l'arme avec laquelle Alexandro a tiré pour comparer les balles avec celle qui était logée dans une de ses côtes.*

Magalie ajouta :

— Il faut nous croire. On ne te raconte pas des cracks ou des mensonges si tu préfères.

Je poursuivis :

— On ne te demande pas de nous croire sur parole car je sais que c'est difficile d'entendre une vérité surtout venant de personnes que tu ne connais pas.
— Si au moins vous aviez pu récupérer la balle j'aurais pu essayer de la comparer !
— Pourquoi, tu sais où il range ses armes ?
— Oui c'est moi qui les ai acheminées avec mes singes dans la grotte à ciel ouvert. Mais avant d'arriver à cette partie de la grotte nous avons traversé un boyau qu'on a dû élargir pour pouvoir passer les caisses. Et on a continué à élargir comme ça l'accès était plus aisé car de l'autre côté il y avait un petit lac aux eaux turquoises. Dans notre pays on appelle ça des "cénotes".

- *Je te certifie Salsa que la balle est en sécurité à l'auberge du village San Lorenzo.*
- *Quoi, tu aurais pu me le dire franchement s'exclama Mag*
- *C'est une idée du fantôme d'Alexandre. C'est lui qui m'a demandé de récupérer la balle au cas où on aurait l'occasion de traduire en justice son pourri de frère et il m'a dit de n'en parler à personne.*
- *Tu n'es qu'une bête à cornes voilà.*
- *Il ne faut pas le prendre comme ça, je m'excuse.*
- *Vous me faites marrer tous les deux on dirait un vieux couple des années 50, intervînt Salsa*

Sur ces paroles nos visages s'empourprèrent légèrement.

- *Heu ! Oui merci, mais revenons à nos moutons si tu veux bien !*

- *Bien sûr Jean Benoît pas de souci.*
- *Comment arrives-tu à capter l'attention de tes petits primates ?*
- *C'est un animal dévoué, intelligent, débrouillard et je les fais obéir avec le langage des signes et certains peuvent entendre mes pensées. Ils vivent près des villages mais préfèrent toutefois la jungle.*

Magalie resta sceptique aux paroles de Léandra et me demanda des explications.

- *Tu es au courant de ce genre de phénomène ? Tu peux m'expliquer de quoi il retourne ?*
- *Oui ! bien sûr Mag, on appelle ça de la télépathie.*
- *Génial, je me coucherai moins bête ce soir.*

Léandra nous regardait avec ses grands yeux bleus d'un air admiratif et nous demanda si nous voulions déjeuner. On lui répondit que nous acceptions sa proposition car nous avions sauté le repas d'hier soir et le petit déjeuner. On commençait vraiment à avoir l'estomac dans les talons. Durant le repas elle nous expliqua qu'elle consignait tout ce qui se passait dans l'ile sur des parchemins avec du citron comme encre pour qu'on ne puisse pas lire ses écritures. Soudain mon chien se mit à grogner pour nous prévenir d'un danger imminent. Car monsieur Alexandro se méfiait de la loyauté de Léandra à son égard. C'est pour ça qu'il avait demandé en secret de la faire suivre. Et c'est ainsi que des gardes apparurent au bout de la passerelle. Sans réfléchir une seule seconde Léandra prit les attaches des lianes les jeta dans le vide pour empêcher les sbires de son patron de nous rejoindre sur la plateforme. Comme nous étions plus au calme elle nous déclara :

– Bien, ça ne va pas arranger nos affaires, mais au moins ça va les retarder un temps.

Pendant ce temps au quartier général

Une fois redescendus les gardes rendirent compte à monsieur Alexandro que leur mission était un vrai fiasco.

 – *Si vous êtes là c'est que vous avez échoué.*
 – *On ne peut pas gagner à tous les coups chef !*

Il rentra dans une colère noire.

 – *Bande d'incapables, qu'est-ce qui s'est passé ?*
 – *Mais patron, on allait les attraper quand leur chien les a prévenus alors elle a démonté la passerelle himalayenne et c'est pour ça qu'on est revenus bredouille.*
 – *Je n'en ai rien à faire de vos excuses débarrassez moi le plancher.*
 – *Mais chef……*
 – *Foutez-moi le camp, bande d'incompétents !*

Une fois l'altercation passée ils retournèrent auprès des autres en disant :

— Il commence vraiment à nous taper sur le système. Vous n'êtes pas d'accord les gars ?

Un grand maigre répondit au nom des autres :
— On est d'accord avec toi Kassin et si on le laissait tomber ? On peut retourner en ville avec le bateau, je connais le capitaine il ne posera pas de problème.

Laissons les révoltés pour l'instant et retournons voir ce qui se passe en haut des arbres.

Le calme et le sang-froid que Léandra venait d'avoir nous laissaient sans voix. Comme par magie quelques instants plus tard les singes remontèrent la passerelle. Léandra se dirigea vers le rebord et attrapa les attaches comme si rien ne s'était passé. Notre princesse Salsa envoya des remerciements en langage des signes à ses compagnons et se tourna vers nous :

- *Heureusement qu'ils sont là. J'ai demandé à leur chef par télépathie de nous remonter la passerelle.*
- *Merci, tu nous as bluffés.*
- *Y'a pas de quoi ! Il faut que je redescende pour trouver des lucioles pour nous éclairer car la nuit ne va pas tarder à tomber. Je ne serai pas longue.*

En voyant qu'on ne répondait pas elle prit la lanterne et nous fit un signe de la main en nous demandant de bien rester là. Et c'est ainsi qu'on se retrouva seuls avec Benji. En attendant le retour de Salsa on s'installa sur des sièges en bois et gardant le silence, on écouta les bruits de la jungle. Le jacassement des singes hurleurs annonça le retour de leur maîtresse et quelques instants plus tard on aperçut au bout de la passerelle la lanterne avec les lucioles à l'intérieur qui éclairait joliment le visage de la princesse Salsa.

- Tout va bien ?
- Oui ça va ! Les singes ont fait peur aux gardes. Ils ont détalé comme des lapins.
- Effectivement on les a entendus, ils ont fait un sacré boucan.
- J'ai ramassé des baies pour le dessert mais vous pouvez aussi vous en servir comme encre.
- Cool ! On meurt de faim.

Elle posa la lanterne sur la table et commença à nous distribuer des algues en guise de salade et on finit par les baies qui étaient juteuses à souhait. Même Benji a eu droit à sa part. Comme disait le proverbe "à la guerre comme à la guerre", on s'installa pour la nuit.

--------*----*----*----*

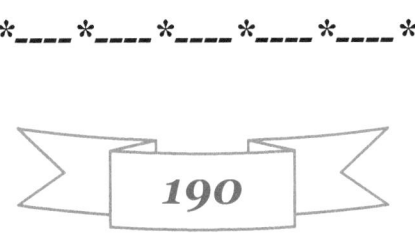

CHAPITRE 26

LA MONTGOLFIERE

--*-*

Un nouveau jour commençait, nous étions toujours sur l'ile interdite en compagnie de Salsa. Un rayon de soleil transperça les nuages et vint réchauffer nos vieilles carcasses. On resta là émerveillés par le paysage, puis on prit place autour de la table pour avaler un copieux petit déj. Nous avions besoin de force pour affronter notre journée, car durant la nuit il y avait eu du changement sur l'ile.

Je vous le dis ou pas… ?

Bon ! bon ! très bien, je ne vous fais plus languir.

Comme je disais précédemment les singes ont eu raison des sbires d'Alexandro. Ils désertèrent l'ile par le seul bateau disponible à leur connaissance. Alors comme vous le savez, nous aussi nous sommes arrivés avec un bateau, mais ça les soldats l'ignoraient à ce moment-là. Et bien sûr ils se carapatèrent sans prévenir leur chef et ses adjoints.

De notre côté on se réjouissait de cette nouvelle, mais de l'autre il fallait penser à un autre moyen de quitter l'île car nous n'avions plus de nouvelles des frères Thomas. On en était là de nos réflexions quand Léandra nous donna une info.

– *J'ai eu ouï-dire par mes singes, que vous pourriez vous échapper de cette île par les airs.*

– *Ah oui, ça serait trop bien. Tu peux nous en dire plus s'il te plait. Et toi tu veux rester ici ou nous suivre et revoir ta mère ?*

– *Oui bien sûr je pourrais vous suivre, mais ma seconde famille a besoin de moi. Et puis ma mère me croit morte, alors il vaut mieux que ça reste ainsi. J'ai du mal à lui pardonner mon incarcération à l'hôpital psychiatrique. Le moyen de locomotion pour vous échapper est une montgolfière que mon soi-disant grand père a installée pour s'enfuir au cas où... !*

– *Tu peux venir avec nous et revenir avec des vivres et du matériel. Ta mère serait enchantée de te revoir car on peut te certifier que ta maman n'est pas la personne qui t'a fait enfermer. La responsable est sa sœur Gladys qui a voulu t'évincer du testament pour récupérer l'héritage de ta mère.*

– *On voit les choses comme ça. Pas toi ?*

– *Si bien sûr, ce n'est pas faux, mais je crains les représailles de mon chef ou comme vous me l'avez dit, de mon grand-père.*

– *Ne t'inquiète pas on va tout mettre en œuvre pour que ça n'arrive pas, ajouta Magalie.*

– *Merci, mais comment peut-on faire ?*

– *Dans un premier temps il faudrait s'assurer que ton grand-père est bien seul sur cette île.*

– *Je ne peux pas retourner le voir, mais mes espions vont pouvoir nous renseigner.*

— Oui, il vaut mieux qu'on reste groupés en cas de coup dur.

— Bien sûr Mag, Je dirai même plus l'union fait la force.

Le conseil des sages, c'est-à-dire nous, Léandra et le chef des singes qui venait nous rendre compte de la situation sur l'île, continua un moment. Le chef nous apprit que monsieur Alexandro était entouré d'un adjoint et d'un sous-fifre. Tous les autres avaient décampé grâce à la communauté des hurleurs. La prudence était de mise. Il fallait jouer fin avec le grand-père de Salsa.

— Il faut qu'on sépare les brebis du loup.

— Tu veux dire qu'on doit isoler Alexandro ? intervint Mag

—   Oui, du moins essayer. Tu as pu trouver le sommeil Léandra ? On t'a trouvée un peu tourneboulée hier soir ?

— Ne vous inquiétez pas, ça va aller.

A la fin du conciliabule on prit la décision de suivre les deux gardes qui restaient aux côtés de Mr Alexandro, pour voir ce qu'ils mijotaient. Quant à Léandra sa mission était de saboter les caisses d'armes et de munitions et bien d'autres choses encore.

Où cette filature allait-elle nous mener ?

Avant d'arriver près de la zone on observa les lieux pour voir s'il n'y avait pas un garde. On aperçut le sous-chef parler avec le gradé. Celui-ci lui faisait un cours sur le fonctionnement de la montgolfière. On était arrivés juste à temps pour entendre les explications.

L'un d'eux dit à l'autre :

– Je repars en bateau, tu restes là. On va bientôt revenir avec le chef
– Bien mon lieutenant.

Le plus gradé repartit en laissant l'autre seul et on en profita pour nous approcher à pas de loup. Pendant que mon chien montrait les crocs au garde, moi je contournai la nacelle par la droite. Mais bien que le garde soit sur la défensive j'en profitai pour lui mettre un bon coup sur la calebasse et il s'écroula assommé. Puis je partageai ma réflexion avec Magalie qui s'était approchée :

    – *On a de la chance que le temps soit optimal avec juste un peu de vent et que le ciel soit sans nuage à l'horizon.*
    – *Et que la montgolfière soit quasiment installée, poursuivit ma compagne.*

Il ne nous restait plus qu'à gonfler le ballon à l'air chaud. Cette étape nous prit 20 minutes. Pendant ce temps Magalie surveillait le garde pour éviter qu'il se réveille et qu'il aille prévenir ses petits copains que nous allions nous échapper. Une fois ma tâche achevée je fis signe à Mag que c'était le moment de monter dans la nacelle. Une fois en place je fis un signe de croix en disant :

- Pourvu que ça marche.
- Tu vois il ne fallait pas désespérer.
- C'est mon premier baptême en montgolfière.
- Ne t'inquiète pas on va passer cette épreuve ensemble et on triomphera.
- Je suis bien content que tu m'encourages, ça me rassure. Couche- toi Benji.

Funeste coup du sort, le garde se réveilla encore un peu chancelant après le coup qu'il avait reçu sur la tête. Mais il reprit vite ses esprits et nous regarda en brandissant son poing pour nous faire comprendre qu'il était en colère.

- Vous ne perdez rien pour attendre !

En disant ça, il prit son pistolet et nous tira dessus sans prendre le temps de viser et heureusement *pour nous la balle passa au-dessus de nos têtes. Je jubilai en disant.*

    –   *Et raté ! Apprenez à viser !*

Je venais à peine de narguer le garde que j'entendis un craquement. C'était la toile qui commençait à se déchirer car la balle l'avait transpercée. Heureusement pour nous la fissure dans la toile n'était pas très grave mais il fallait qu'on atterrisse très vite. Nous étions encore proches du garde et c'est pour cela que Magalie lui balança en pleine poire un sac de sable qui l'empêcha d'aller plus loin.

    –   *Super Mag ! Tu as eu vraiment de la chance sur ce coup.*
    –   *J'ai eu de la chance c'est vrai. Mais j'ai de l'expérience, je me suis beaucoup entraînée quand j'allais à la foire. Il y avait de petits sacs de sable et il fallait que je vise les*

*figurines en face et pour de vrai j'étais
assez douée*

— *Ah je comprends mieux. Mais bien joué
quand même.*

*Avec le sac en moins la montgolfière prit un peu de
hauteur et on dépassa la cime des arbres en un
rien de temps. J'étais à la manœuvre, Benji était
toujours couché les pattes sur son museau. C'est
alors qu'on élabora un stratagème :*

*On vit en contrebas le bateau des frères Thomas et
on en profita pour écrire un mot avec le jus des
baies que nous avions trouvées dans les fourrés
avant d'embarquer dans la nacelle. Celles que
Léandra nous avait données hier soir on les avait
toutes boulotées. On accrocha le mot à un des sacs
de sable que l'on jeta pour le faire atterrir sur le
pont du bateau. Heureusement nous étions à bonne
distance car sinon on aurait fait un trou dans le
plancher.*

Sur le bateau.

– C'est quoi ce sac de sable qui a failli m'assommer questionna Jean-Louis

– Regardez, on dirait les jeunes qui sont en montgolfière et il y a un message qui est attaché au sac de sable répondit Clément.

– Vas-y Clément, dis-nous ce qui est écrit, intervint Paul.

– « On a une avarie sur la montgolfière On va essayer d'atterrir au plus proche du bateau mais ça va être compliqué. Faites gaffe on n'est pas tout seuls sur cette île. Nous avons trouvé un trafic d'armes et de produits chimiques. Prévenez les garde-côtes ».

--------*----*----*----*

CHAPITRE 27

Sr Westwood

Je vais prendre un instant pour vous parler de ce vilain monsieur Alexandro.

Monsieur Westwood était un malfrat depuis son tout jeune âge. Aux environs de ses 15 ans il marcha dans les traces de son père, qui était déjà un grand trafiquant mexicain. Puis bien plus tard quand son père tomba gravement malade il prit le commandement au sein de son réseau qui s'étendait sur tout le territoire. Le trafic de drogue de son père ne lui suffisait plus. Alors Alain Phips alias Alexandro Westwood commença le trafic d'armes et de produits chimiques. Il lui fallait un endroit pour stocker tout ce matériel et c'est ainsi qu'il prit possession de l'île de la Dague en la rachetant pour un prix dérisoire. Il en interdit l'accès et c'est pour ça qu'il la rebaptisa "l'île interdite". Ainsi, il avait toute la place pour entreposer les matériaux de son trafic. Mais le trafic d'armes lui coutait cher, il lui fallait continuellement du cash. Et voilà pourquoi il fit un partenariat avec sa fille Gladys Phips pour développer un trafic de cigarettes et de rhum. Elle stockait le matériel dans les caves de son établissement et en échange elle récupérait du cash pour ses dettes de jeu.

Bon maintenant revenons au présent :

Alain Phips prit la direction du ponton d'embarquement pour demander au capitaine de son bateau de commencer les préparatifs en vue de son départ de l'île. Ça commençait vraiment à sentir le roussi pour son matricule. Le surveillant de la montgolfière avait émergé de son coup à la tête et il avait pris la direction du quartier général de son chef pour lui faire son rapport sur le départ de la montgolfière. Mais quand Alexandro arriva sur le quai d'embarquement, bien évidemment le bateau brillait par son absence. La colère monta en lui et il poussa un hurlement. Son cri fit envoler les oiseaux du secteur. Il retourna prestement à son fief et ordonna à ses deux adjoints de condamner l'accès de la grotte où il avait *entreposé les armes et les produits chimiques pour que personne n'en trouve l'entrée.*

Pendants ce temps du côté de la caverne justement.

Léandra avait commencé à préparer le terrain en regroupant les caisses d'armes pour les faire exploser afin que personne ne puisse les utiliser. Concernant les produits chimiques elle les avait entassés dans un recoin pour éviter qu'ils n'explosent avec les caisses d'armes. Heureusement les fûts n'étaient pas très nombreux, une dizaine tout au plus car le reste était resté sur le bateau. Les barils étaient neufs donc pas de fuite et c'est pour cela qu'elle put les déplacer sans mettre des gants de protection. Ensuite elle prit les mèches de dynamite qui avaient servi à l'opération déblayage du tunnel. Les mèches étaient assez longues pour pouvoir les relier entre elles et faire un seul filament. Du temps qu'elle faisait ça, elle ne se doutait pas que deux soldats approchaient.

Heureusement elle avait posté des amis à elle pour la prévenir au cas où.... Soudain elle entendit un vacarme qui provenait de l'entrée de la grotte. En un éclair, elle alla se cacher en prenant soin d'emporter la mèche avec elle. Elle resta là un moment sans bouger de peur qu'on la découvre. Au bout d'un moment elle intercepta les paroles de ses amis qui lui disaient que la voie était libre. Ils lui annoncèrent qu'ils avaient balancé des caillasses sur les intrus pour les faire fuir. Elle sortit avec précaution et se dirigea vers les caisses pour pouvoir remettre en place sa mèche et l'allumer. Ça allait faire un beau feu d'artifice.

Revenons à nos deux fuyards

Les soldats dans leur fuite tombèrent dans un piège que Léandra avait confectionné lors de notre arrivée. Le piège consistait en une tranchée ou un trou de deux mètres de profondeur sur un mètre de large puis recouvert de branchages et de feuilles pour le rendre invisible. Le camouflage était très bien fait car nos deux lourdauds tombèrent comme des masses, à eux deux ils frôlaient les cent quatre-vingts kilos.

    – *Ça va Justin ?*

    – *Pas terrible et toi Antonin ?*

    – *Je crois que je me suis foulé la cheville en voulant me réceptionner.*

    – *Moi, la chute m'a tassé les vertèbres et ça me fait un mal de chien.*

Soudain une tierce personne apparut au bord du trou.

    – *Alors les deux lourdauds, on est tombés dans mon piège. Je vous ai entendu crier.*

    – *Moque-toi bien Salsa, on verra bien qui rira le plus une fois qu'on sera sortis, dit Justin.*

    – *Peut-être, mais en attendant vous êtes au fond du trou.*

    – *C'est quoi cette explosion qu'on a entendue ? poursuivit Antonin*

— Ah ça ! J'ai fait sauter les caisses d'armes.

— Tu as fait quoi ? S'étonnèrent les deux soldats

— Vous avez très bien compris. Allez les gars je vous laisse mijoter dans votre trou.

— Salsa .... Reviens tout de suite, tu ne vas pas nous laisser là ? Antonin s'est foulé la cheville.

— Je ne vais pas me gêner. On viendra vous chercher quand les garde-côtes seront là. Dans un premier temps il faut qu'il s'asseye et qu'il mette la jambe en l'air et deuxièmement il faut bander la cheville en serrant un peu pour éviter le gonflement. Allez ciao les minus.

— Ah ! OK merci, mais tu vas nous faire sortir ?

Au bout d'un moment elle consentit à répondre :

– Restez bien sages et je vous enverrai de l'eau et des vivres par mes sentinelles et si vous tentez malgré tout de sortir de votre trou, je ne donne pas cher de votre peau, capiche vous deux !

Les deux adjoints se regardèrent et comprirent qu'il était inutile de répondre à cette furie.

Sur ces paroles Salsa se frotta les mains en prenant un air satisfait. Elle pensa à voix haute :

– Voilà les deux acolytes sont hors circuit, il ne nous reste plus que le grand manitou.

Et Salsa retourna à sa casa.

Pendant ce temps le grand chef Alexandro prit une mine plus souriante, en entendant l'explosion de l'entrée de la grotte qu'il avait commandée à ses deux adjoints. A ce moment-là il ignorait que ce n'était pas ses adjoints qui avaient fait le boulot, mais sa petite fille ou Salsa la traitresse… et qu'en plus elle avait fait sauter les munitions au lieu de boucher l'entrée.

CHAPITRE 28

RENVERSEMENT DE SITUATION

--*-*

Refaisons un petit tour du côté du bateau des frères Thomas.

– *C'est quoi cette embrouille ! de quoi ils nous parlent ?*

– *Je n'en sais rien Paul, ce sont les jeunes qui nous ont transmis le message, répondit Clément*

– *Du coup on fait quoi mes frères ? intervint Jean-Louis*

– *Je suis d'accord avec eux, on ne peut pas laisser des trafiquants opérer sur le territoire. Il faut qu'on réagisse et qu'on joigne les garde-côtes pour avoir du soutien et pour pouvoir les arrêter.*

– *Très bien Clément, je vais essayer de les joindre par radio et par la même occasion je leur demande s'ils ont pu récupérer la courroie.*

– *Bien ! bien ! J'espère que tu arriveras à leur parler car la situation a pris une autre* tournure depuis la dernière fois que tu les as eus.

— Ne t'inquiète pas Clément on va s'en sortir !

Le mystère plane, arriveront-ils à joindre les garde-côtes ? Sur ce retournons voir le diabolique Mr Phips alias Alexandro.

Mr Westwood ruminait dans son coin, à savoir : pourquoi ces deux trouffions mettent-ils autant de temps pour revenir de leur mission ? Une fois celle-ci achevée, ils auraient dû rappliquer pour faire leur rapport afin qu'il leur donne d'autres directives. Mais là ça commençait à faire long. Il n'en tenait plus et il partit à leur recherche. Au bout d'un moment il se retrouva devant l'entrée de la grotte où il avait fait mettre une partie du matériel de son trafic. Il ne s'attarda pas et repartit en sifflotant. Soudain il entendit une dispute et s'arrêta net en tendant l'oreille. La dispute venait de sa droite et il se dirigea ainsi vers celle-ci.

- A quoi jouez-vous tous les deux ?
- Mais ! On ne joue pas chef, c'est Salsa qui a fait ce piège, répondit Justin
- Allez, arrêtez de faire les andouilles et remontez et plus vite que ça !
- On ne peut pas chef, on s'est blessés en tombant, chouina Antonin
- Rrrrr ! Bien restez dans votre trou, il faut vraiment que je fasse tout moi-même.
- Mais chef ! ce n'est pas notre faute, elle nous a laissé dans notre trou comme vous le faites…. De plus elle a fait sauter les munitions, ajouta Justin
- Quoi !! Vous plaisantez !
- Euh… non Monsieur renchérit Antonin
- Mercredi, mercredi et encore mercredi, Elle va me payer cette trahison.
- Euh…Il faut qu'on vous dise aussi…bégaya Justin

Ils hésitèrent avant de parler, ils savaient que ça allait énerver leur chef. Mais avant même qu'ils disent quoi que ce soit, leur commandant explosa de colère.

- *Vous attendez quoi pour tout me dire !!!*
- *Salsa va prévenir les garde-côtes, murmura Antonin*
- *Comment ? je n'ai plus de bateau et de radio pour communiquer avec l'extérieur.*
- *On n'en sait pas plus chef, mais elle a dû trouver un moyen, continua Justin*
- *Elle l'a dit ça pour vous faire peur bande d'ignorants.*
- *Non monsieur elle était très sérieuse et plutôt joyeuse, constata Antonin*
- *Bon ! bon ! très bien elle a sûrement des complices. On m'a rapporté qu'elle était avec deux personnes et un chien.*

— *Ah oui bien sûr c'est ceux qui m'ont assommé et qui ont piqué la montgolfière, s'exclama Justin*

— *Voyez, quand vous voulez, ils ne sont pas venus en volant. Hum donc ils sont sûrement venus en bateau.*

— *Et qui dit bateau dit radio ajouta Antonin*

— *Voilà on y est. Vu que vous êtes coincés dans ce trou je vais me charger de cette affaire.*

— *Avant tout pourriez-vous nous apporter de l'eau et de quoi manger*

— *Vous croyez que je suis votre boy, débrouillez-vous.*

Il les abandonna à leur triste sort. Il avait d'autres chats à fouetter que de s'occuper de ces deux corniauds. Mais heureusement pour eux Salsa tint parole et envoya ses compagnons leur donner de quoi survivre en attendant la venue des garde-côtes. Hypothétiquement on supposait que les frères Thomas avaient pu les joindre.

Voyons un peu comment nos deux aventuriers se débrouillent avec la montgolfière.

- *Si on veut atterrir sans trop de dégâts il va falloir la jouer fine.*
- *Comment on fait ?*
- *En principe on devrait faire le contraire de tout à l'heure. Pour décoller on a mis de l'air chaud dans le ballon et on a pu s'élever donc la logique voudrait que pour redescendre on refroidisse l'air en coupant la flamme et on devrait perdre de l'altitude.*
- *Élémentaire mon cher Watson.*
- *Merci, merci, mais avec l'avarie qu'on subit on risque de descendre plus rapidement que d'ordinaire. Donc à 3 je coupe la flamme et on s'accroche.*

Effectivement ça n'a pas loupé on descendit plus vite qu'on pensait et on atterrit violemment sur une mer agitée.

> – Ça va Mag, pas de bobo ?
> – Un peu secouée mais ça va. On fait quoi maintenant ? On essaie de regagner la côte à la nage ....

Magalie n'eut pas le temps de finir sa phrase que le ballon nous ensevelit, nous empêchant ainsi de sortir de la nacelle.

Pendant ce temps de l'autre côté de l'île.

Alexandro repartit les mains dans les poches en ruminant sa colère et en se parlant à lui-même :

> – Et voilà comment elle me remercie, moi qui l'ai fait évader de sa prison psychiatrique et organisé sa venue sur cette île !

--------*----*----*----*

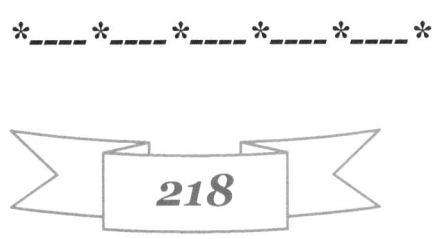

CHAPITRE 29

SALSA ET SR ALEXANDRO

--*-*

(Laissez-moi rire cher lecteur vous êtes d'accord avec moi s'il l'a fait, c'est uniquement pour son profit personnel. Pardon, pardon, je m'égare. Laissons-le poursuivre.)

> – *Où en étais-je ? ah oui à cette foutue Léandra qui m'a poignardé dans le dos. Elle s'est fait ensorceler par ces deux individus qui ont débarqué. Il faut que je m'occupe d'eux. S'ils ne sont plus là elle se rangera de mon côté et la vie reprendra comme avant.*

(Et naïf avec ça)

Bref laissons-le dans son délire. Malgré ce que pense Mr Phips cette vision du monde n'est pas acceptée par toutes les personnes. Il suffit d'un mot ou d'une action pour changer le regard qu'a un être humain sur le monde. Prenons exemple de Salsa elle a pris notre parti en apprenant la vérité sur son passé et en lui montrant que son grand-père n'était pas l'homme qu'elle croyait.

Justement en parlant de Salsa :

Une fois remontée dans ses quartiers, elle prit un moment pour savourer sa semi-victoire sur son soi-disant associé. Mais elle déchanta vite car le rapport de ses espions l'avait un peu refroidie. Elle ne savait pas quoi faire car elle n'avait plus de nouvelles de ses deux nouveaux camarades d'aventure. Et d'un autre côté si son grand-père se faisait arrêter, elle serait en sécurité auprès de sa nouvelle famille. Elle pourrait même inviter des personnes proches comme sa mère à venir lui rendre visite. Elle ne pouvait pas se projeter dans l'avenir tant que son fourbe de patron ne croupirait pas dans une cellule. Son espoir revenait au galop, elle fallait qu'elle prévienne les frères Thomas du danger régnant sur cette île. Et voilà pourquoi sa conception du monde avait changé. Elle redevint princesse Salsa la bienveillante. En fait elle n'a pas oublié de l'être mais elle s'est juste un peu égarée. Elle prit ainsi la direction du bateau des pêcheurs. Léandra venait à peine de faire quelques pas qu'elle entendit du bruit dans les fourrés. Cela la fit sursauter, l'intru continuait de gratter et de se rapprocher dangereusement. Elle prit le premier truc qui lui tomba sous la main pour se défendre et en découdre avec la « chose ». Soudain un petit mammifère sauta sur elle. La surprise la fit trébucher et elle s'étala de tout son long. Bien sûr l'écureuil continua de gratter et de bondir comme si de rien n'était. Après sa frayeur Léandra se redressa difficilement et entendit une voix derrière elle qui la refit sursauter.

– Comme ça tu as peur d'un petit écureuil ?

– Hein, hein, très drôle ! Vous voulez quoi au juste ?

– Comment oses-tu me parler sur ce ton ! Allez, en avant la musique, passe devant.

– Vous allez faire quoi ?

– Marche, tu verras bien !

Le sort de Salsa était incertain. Quant à nous, nous étions aussi dans une position délicate.

A suivre

Mais non je plaisante, tournez la page pour suivre nos aventures.

La situation était grave, la nacelle commençait à prendre l'eau et de plus la toile nous recouvrait complètement.

- *Le problème ne se résoudra pas tout seul, réfléchis du bulbe et trouve une solution. Je me parlais à moi-même à voix haute.*
- *Du bulbe ?*
- *Oui du cerveau si tu préfères.*
- *Hé regarde juste derrière toi.*
- *Oui quoi ? Ah oui la déchirure, on va pouvoir l'agrandir et essayer de sortir de ce pétrin.*
- *Tout juste Auguste, allons au travail.*

L'espoir renaissait, malgré tout la toile était quand même difficile à déchirer. Mais avec de l'acharnement on réussit à agrandir la fissure. Il était moins une, quelques instants plus tard la nacelle coulait en emportant la toile avec elle. Ce n'est pas pour ça qu'on était sortis d'affaires car la mer était un tout petit peu déchaînée. Nous étions un peu ballottés de droite à gauche et nous avions du mal à rester en surface. Après avoir bu la tasse encore une fois, on toussa de plus belle. Alors on entendit un aboiement, c'était mon chien qui donnait de la voix pour nous indiquer que la plage n'était pas très loin. On se laissa guider par ses aboiements et on put enfin échouer épuisés sur le rivage. Benji vint à notre rencontre en nous donnant de grands coups de langue pour nous dire qu'il était content de nous revoir.

Bien retournons voir comment cela se passe du côté de Salsa et d'Alexandro.

- Je vous ai aidé quand même !
- Ouais, tu parles pour mieux me trahir.
- J'ai cru à vos boniments et j'ai renié mon passé et ma famille pour vous.

- Laisse-moi rire, sans moi tu serais toujours dans ta petite cellule.

— *Peut-être, mais ce n'est pas vous qui m'avez repêchée pour me mener sur votre île. J'aurais pu retourner sur la terre ferme. Au lieu de ça je suis venue vous retrouver.*

— *Et quoi, tu aurais vécu dans la peur et la clandestinité ? Je te rappelle que tu es une fugitive, tu t'es évadée grâce à mon concours certes donc tu as fait le choix de me suivre dans mes magouilles.*

— *J'irai sûrement en prison pour vous avoir aidé dans votre trafic, mais vous, mon soi-disant grand père, vous serez incarcéré à vie pour meurtre et trafic d'armes et de produits chimiques.*

— *Comme tu y vas, tu as des preuves pour le meurtre que j'ai soi-disant commis ?*

CHAPITRE 30

SAUVETAGE ET ABORDAGE

--*-*

Tout d'un coup les mots de Salsa restèrent dans sa gorge. Elle savait que si elle parlait davantage il allait la faire taire à tout jamais.

> – *Alors, tu ne dis plus rien, peu m'importe ce sera ma parole contre la tienne.*
>
> – *Bien sûr ! bien sûr ! on verra ça pour ce qui est de vos trafics et le meurtre. Mais pour ce qui est de notre filiation il suffit de faire un test ADN pour prouver que nous sommes bien de la même famille.*
>
> – *Au lieu de dire des sottises, continue d'avancer, on est presque arrivés. Tu vas rejoindre tes petits camarades dans le trou que tu as confectionné.*

C'est l'ironie du sort où l'arroseur devient l'arrosé. Bref, passons pour le moment et retournons voir les frères Thomas.

– *Tu vois ce foutu rafiot, il nous en fait voir de toutes les couleurs. Tu en es où avec les garde-côtes ? demanda Jean Louis*

– *Eh bien nulle part... il y a de la friture sur la ligne !*

– *C'est la poisse ! Paul, je prends la radio portative et je monte sur les hauteurs avec Clément.*

– *Super, je reste là, comme un gardien qui garde son phare.*

– *Tu préfères qu'on tire à pile ou face.*

– *Non ça va ! je n'ai jamais eu de chance à ce jeu-là.*

– *Si tout va bien, alors on se met en route.*

– *Oui ! oui ! allez-y, je garde le bateau.*

Les deux frères partirent à l'assaut de la colline pour chercher du secours. Comment s'en sortiront-ils ? Est-ce qu'ils arriveront à temps ? Quant à nous, je veux parler de nos deux héros et de leur chien.

–   *Merci mon chien tu nous as évité de perdre la boussole. On ne savait plus où on en était.*

–   *Ouaf ! ouaf ! suivi de grands de coups de langues.*

Nous étions ravis d'être sortis de ce mauvais pas. On n'avait pas le temps de se sécher car il fallait qu'on rejoigne le bateau des frères Thomas. On avait à peine fait quelque pas que je me mis éternuer, suivi de ma compagne qui était frigorifiée. On ne pouvait pas rester comme ça. Du coup au lieu de prendre la direction du bateau on prit le chemin qui allait nous ramener à la cahutte de l'autre soir sur la plage. En me retournant, je vis les frères Thomas qui se dirigeaient on ne sait où avec un sac à dos en bandoulière et je le fis remarquer à Mag. Une fois l'essorage et le séchage terminés on prit la direction du bateau.

Pendant ce temps les deux frères étaient arrivés sur les hauteurs de l'île. Ils ont pu contacter les garde-côtes qui par chance avaient fini leur mission à l'extérieur de la limite territoriale. Il fallait juste qu'ils récupèrent la courroie et qu'ils prennent la direction de l'île. Les frère thomas restaient sur place au cas où les marins communiqueraient leur avancée. Mais heureusement leur bateau avait des chevaux sous le capot.

Retournons voir Mr Alexandro.

Ce monstrueux personnage restait à la lisière de la forêt, caché par les fourrés, à observer les allées et venues. Après quelques minutes d'attente il sentit que la voie était libre et prit la direction du bateau de nos trois amis. Il monta à l'échelle que les frères Thomas avaient remise en place le long du bateau après notre départ. À peine avait-il mis les pieds sur le pont qu'une personne l'interpella :

- Qu'est-ce que vous foutez là ? C'est un bateau privé vous n'avez pas le droit d'être ici.

Après quelques secondes de réflexion il sortit son arme et il répondit :

- Je fais ce que je veux je suis le maître de cette île alors haut les mains... !
- Peau de lapin la maîtresse en maillot de bain rajouta Paul.
- Arrêtez de plaisanter et faites-moi démarrer ce rafiot.
- Dommage pour vous, on est en panne, la courroie du moteur a lâché et on n'en a pas de rechange
- C'est une blague ! Vous continuez à plaisanter là ?
- Heu ! Non monsieur et de plus on a de la friture sur la ligne de la radio.

- Mais c'est quoi ce bateau de m... Allez, assez discuté. Donnez-moi les clés de votre cabine et ne faites pas le malin.
- Tenez voilà.

– *Quelle est la dimension du hublot dans votre cabine ?*

– *Petit ! pourquoi ?*

– *Parfait ! Allez, bougez.*

Après avoir enfermé le matelot, il allait remonter quand il entendit le cliquetis de l'échelle qui tapait sur la coque. Il se raidit et écouta un instant...

*____*____*____*____*____*

CHAPITRE 31

DEUXIEME ARRESTATION

Une fois l'échelle gravie, nos deux aventuriers prirent pied sur l'avant du bateau.

– Il faut qu'on le fasse sortir de sa cachette. Et pour ça il faut que tu l'appelles et moi je le prendrai à revers.

Elle m'apparut tout effrayée à cette perspective.

– Euh, je ne sais pas si je vais y arriver !
– Ne t'inquiète pas ! Mais si tu ne le sens pas, tu n'es pas obligée de le faire, on trouvera un autre moyen.
– Ok ! Ok ! Il faut qu'on en finisse.
– Dis-toi que tu as Benji à côté de toi.

Elle prit son courage à deux mains et d'une voix assurée elle l'appela :

– Monsieur Alexandro, sortez de votre cachette on sait que vous êtes là ! On vous a vu monter sur le bateau.

Quelques instants plus tard.

On voit Mag sur le ponton du bateau avec en face d'elle Alexandro Westwood qui était sorti enfin de sa cachette et la tenait en joue avec un pistolet à deux canons. Quant à moi je me trouvais au-dessus d'eux et sans un bruit je pris la bouée de secours et sautai pour mettre la bouée sur le méchant comme une camisole. Heureusement l'arme tomba à terre sans tirer de coups de feu. Puis je l'attachai solidement avec la corde de la bouée pour éviter qu'il l'enlève et qu'il s'enfuit. Je venais de sauver ma compagne de voyage !

— *Rrrr... vous allez me payer ça ... bande d'amateurs.*

Sur ce, il commença à sautiller en se dirigeant vers Magalie. Mon chien prit les devants et l'empêcha d'aller plus loin. Magalie en profita pour éloigner l'arme avec le pied.

– On vous tient et de plus on a votre arme, triompha Magalie.

– Et vous voilà saucissonné ! Pas mal pour des amateurs.

C'était une tâche difficile mais nous avions réussi à enrayer les plans d'Alexandro en le capturant. Nous n'avions pas le temps d'écouter ses sornettes car il nous fallait prévenir Salsa que nous avions appréhendé son grand-père et lui raconter notre périple avec la montgolfière.

Retournons vers les frères Thomas

L'un des frères était toujours enfermé dans sa cabine à ruminer, tandis que les deux autres attendaient l'appel des garde-côtes. Au bout d'un certain temps d'attente ce sont eux qui les recontactèrent pour savoir où ils en étaient. Les garde-côtes leur confirmèrent que leur venue était imminente et qu'ils avaient pu obtenir la courroie *pour les dépanner. Les deux frères Thomas c'est à dire Jean Louis et Clément sautèrent de joie et reprirent le chemin vers le bateau.*

Pendant ce temps du côté de Salsa.

> — *Tu fais moins la maligne maintenant que tu es avec nous dans le trou, dit Justin.*
> — *Et de plus, tu as failli nous écraser en sautant, renchérit son compère Antonin*

> — *Ah ça va vous deux, arrêtez de faire votre poule mouillée. Si vous êtes dans ce trou c'est que vous le méritez...*

Elle n'eut même pas le temps de finir sa phrase qu'ils lui coupèrent la parole.

> — *Je te rappelle que toi aussi tu étais dans le même bain que nous avant que tu nous trahisses, dirent ensemble Antonin et Justin*

- Seulement j'ai rencontré des personnes qui m'ont ouvert les yeux et qui m'ont révélé certaines choses.

- Ah ! tu peux nous en dire plus demanda Justin

- Et non ! Désolée, c'est confidentiel.

- Oh s'il te plaît, on ne dira rien au chef répliqua Antonin

- Ouais c'est ça, je n'ai aucune confiance en vous et de plus si je parle il faudra que je vous tue après car comme je vous l'ai dit c'est top secret.

- Tu rigoles, tu ne vas pas nous faire ça s'exclama Justin.

Elle retint ses paroles un moment et finit par leur dire :

- Mais non, mais non. Cependant vous irez en prison pour complicité, ça je peux vous le promettre.

– *Tu nous fais marrer et toi aussi tu iras en taule je te signale s'énerva Antonin*

– *Peut-être on verra, mais finie la parlotte je vais demander à mes sentinelles de me sortir de là.*

– *À nous sortir de là tu veux dire grogna Justin.*

– *Oui ! oui ! mais pour vous, ça ne va pas être une mince affaire.*

– *Que veux-tu dire par là ? renchérit Antonin*

– *Euh ben, je veux dire par là que vous êtes un peu en surpoids !*

– *Ce n'est pas joli, joli de se moquer de nous, s'écrièrent-ils ensemble*

– *Oh ça va, je vais trouver un moyen pour vous pour vous faire remonter sans vous abîmer davantage. Et pas d'entourloupe... c'est compris vous deux ?*

Ils se regardèrent et un instant plus tard ils déclamèrent ensemble :

- *Juré craché, on te le promet.*
- *Dac, de toute façon c'est parole contre parole.*
- *Tu ne nous oublies pas hein ?*
- *Non ! Moi quand je dis quelque chose je m'y tiens comparé à vous.*
- *Oui c'est vrai pardon ! On te présente nos plus plates excuses !*

Voyons maintenant du côté du bateau....

CHAPITRE 32

RENCONTRE TANT ATTENDUE

Les discussions allaient bon train. Car les frères Thomas avaient regagné leur bateau. En entendant du raffut, Paul le troisième des frères, tambourina à la porte pour qu'on vienne lui ouvrir. Jean Louis descendit pour voir ce qui se passait.

– *Comment se fait-il que tu sois enfermé ?*
– *Eh bah frangin, je me suis fait enfermer par un cornichon sans soif. Ça fait plusieurs heures que je croupis là-dedans à me tourner les pouces.*
– *Ah mille excuses ! je remonte chercher la clé.*
– *Ouais fais vite parce que j'ai une envie pressante.*

Un moment plus tard

– *Il faut fouiller le prisonnier. Il doit avoir la clé de la cabine car il a enfermé Paul dedans.*

Pour donner suite aux paroles de Jean Louis, on se précipita pour une fouille minutieuse. Comme la clé brillait par son absence les deux frères Thomas commencèrent à s'énerver.

– *Parle grondin, parle, tu en as fait quoi de cette clé ? Aller délie ta langue morbleu !*

Les frangins prirent monsieur Alexandro à bout de bras pour lui donner deux torgnoles chacun afin de lui remettre les idées en place.

– *Tu vas parler oui ?*
– *Allons ! allons ! messieurs du calme cessons la violence, intervint Mag*

Je renchéris :

–   Reposez-le gentiment et on va se mettre à la chercher
–   Bon ! bon ! d'accord on se calme dirent Clément et Jean Louis

Pendant que nous cherchions la clé pour délivrer Paul, la Corvette des garde-côtes arriva et s'arrima au bateau des frères Thomas. Le rebord du pont de la corvette arrivait juste un peu en dessous du nôtre.

Quelques instants plus tard je m'esclaffais :

–   La voilà ! la voilà ! je l'ai enfin retrouvée.
–   Bien joué mon garçon tu l'as trouvée où ? demanda Jean Louis
–   Là sur le pont dans les cordages entremêlés, mais c'est grâce au flair de Benji que j'ai pu la remarquer.
–   Merci ! Donne-la-moi s'il te plaît pour que je puisse descendre enfin délivrer Paul.

Pendant ce temps les garde-côtes restèrent un peu à l'écart en attendant la fin de nos investigations. Une fois que Paul fut délivré, on commença à parlementer avec les gardes.

- Bonjour messieurs et dames que se passe-t-il ici ?
- Nous venons d'arrêter un trafiquant et un meurtrier.
- Ce n'est pas vrai, je n'ai rien fait !
- Vous êtes le vilain de cette histoire mais ça ne vous donne pas le droit d'être au-dessus des lois.
- Bien dit JB, je dirais même plus on vous en mouche.
- Vous auriez pu vous faire tuer. Vous vous rendez compte ! Vous avez une veine de pendu !

Pendant qu'il parlait, j'ai récupéré l'arme avec un bout de bois passé dans l'anse de la gâchette.

– *Pendant que j'y pense prenez cette arme. Nous avons une balle cachée dans notre chambre à l'auberge où nous sommes descendus. Vous pourrez la comparer avec celles de cette arme et prouver que c'est bien un meurtrier. Contactez l'officier Susan Dunlop de la police de Salvatierra et son coéquipier l'Inspecteur Windo.*

– *Allez embarquez moi cet énergumène ordonna le capitaine à son adjoint « Y sé rápido con eso » (13)*

*____*____*____*____*____*

13 - Et fais vite avec ça

CHAPITRE 33

PRÉSENTATION OFFICIELLE

– *Bien mon capitaine on le transfert dans notre bateau sous bonne garde.*

Pendant que le prisonnier partait pour se faire enfermer en fond de cale, on reprit la conversation avec le capitaine :

– *Avec tout ça on ne s'est même pas présentés capitaine !*
– *Oui effectivement, je suis le capitaine Hernandez Francisco pour vous servir.*
– *Mr Hernandez je me nomme Jean Benoit Jackson et voici ma compagne d'aventures Magalie Reynolds et mon chien Benji. Nous sommes les aventuriers du bout du monde.*
– *Bien content de vous voir enfin. Je connais les frères Thomas depuis pas mal d'années. Ils m'ont raconté votre périple, pour des amateurs vous avez mis la barre très haut.*

– *Merci ! Mais vous savez, nous avons réussi grâce à une aide précieuse.*

– Ah vraiment ! je pourrais la rencontrer cette personne ?

– Oui vous pourrez l'interroger un peu plus tard. Mais dans un premier temps vous n'auriez pas, par le plus grand des hasards, une pommade pour les brûlures de méduse sur votre bateau s'il vous plait ?

– On a une pharmacie à bord, avec des bandages et du mercurochrome, mais il faut aller voir pour le reste.

Aussitôt dit, aussitôt fait. On monta à bord pour essayer de me soigner, et pour continuer à lui raconter nos mésaventures.

Pendant ce temps du côté de Salsa

Après l'appel émis par Salsa, un groupe de singes hurleurs se rassembla autour du piège que leur maîtresse avait construit avec leur aide. Ils attendaient les ordres de celle-ci. Dès qu'elle les *aperçut les ordres ne tardèrent pas à fuser. Elle communiqua par la pensée :*

> *— Vous avez la liane que je vous ai demandée ?*

La réponse vint immédiatement par l'affirmative. D'autres répondirent dans leur langue, qui soit dit en passant, était incompréhensible pour les simples mortels, même pour Salsa qui était habituée à leur langage. Quelques instants plus tard le chef de l'attroupement des primates balança le précieux sésame. En une fraction de seconde Salsa l'attrapa et commença à grimper tirée par ses sentinelles. Une fois qu'elle prit pied sur le rebord du trou, Salsa se fit rappeler à l'ordre :

> *— Tu te souviens qu'on est tous les deux mal en point et que tu dois trouver une solution pour nous remonter.*

Elle leur répondit d'un ton sec.

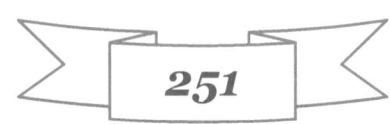

– Oui je ne suis pas encore sénile, une promesse est une promesse. Je vous envoie la cavalerie dès qu'elle arrive.

– Bon d'accord, comme tu veux !

– Ce n'est pas moi qui vous ai forcés à vous enrôler dans cette galère. Alors arrêtez de chouiner et prenez votre mal en patience. Vu vous deux...

Sur cette phrase sans réplique elle claqua des doigts et partit avec sa deuxième famille à la suite en prenant la direction de son domaine.

Tournicotons un petit tour.... du côté des héros. Mag prit un air de rêverie et je sentis qu'elle pouvait avoir des pensées pour le beau capitaine. Elle aurait pu dire ceci : « oh mon beau capitaine, tout ce que vous voulez mon capitaine ». Je lui laissai encore un instant et je la sortis de sa rêverie.

– *Eh Mag, tu m'écoutes !!*

– *Hein quoi, tu disais ?*

– *Je disais qu'on va laisser le beau capitaine pour l'instant et on va aller retrouver Salsa pour lui donner la bonne nouvelle.*

– *Heu oui, oui bien sûr.*

– *Ne vous inquiétez pas, on se reverra. Allez chercher votre amie. Nous, pour l'instant, on va faire un saut rapide jusqu'à votre village et de là on conduira le prisonnier au commissariat de la ville voisine. J'ai fait prévenir par mon adjoint les policiers que vous m'avez indiqué tout à l'heure, et une voiture de police nous attendra à quai.*

– *Très bon plan, merci pour votre aide.*

– *Oh ça oui, on vous retrouvera de l'autre côté de cette île reprit Mag d'un air enjoué.*

À l'écoute des paroles de Mag le capitaine prit un air amusé et en jouant à fond la carte de son charme, il lui adressa son plus beau sourire et fit fondre le petit cœur d'artichaut de ma compagne d'aventures.

> — *Bonne chance et à très vite. On reviendra plus tard avec des hommes pour évacuer les armes et les fûts toxiques dont vous m'avez parlé, enfin pour ce qu'il en reste.*

Une fois que le capitaine eut fini de parler, les yeux de Magalie se mirent à pétiller de mille feux.

> — *Allez ! allez ! Viens, tu le reverras ton beau capitaine… On n'a pas fini, on a encore des choses à faire.*
> — *Oui tu as raison il faut qu'on rejoigne Salsa.*
> — *Je te l'accorde si j'étais une fille j'en ferais bien mon quatre heures. Avec ses yeux bleus, ses cheveux en brosse il est canon, on dirait un dieu grec. Mais ne t'inquiète pas je ne suis pas intéressé, je te le laisse avec grand plaisir.*

—   *Génial merci !!*

Le sourire de ma compagne de voyage m'alla droit au cœur. La descente du bateau fut plus aisée pour mon chien car il sauta directement sur le ponton. Quant à nous, une fois passés à l'infirmerie de la corvette pour me faire faire un bandage imbibé de vinaigre sur ma brûlure par l'infirmier de bord, on réemprunta l'échelle.

CHAPITRE 34

TRÉSOR DU BOUCANIER

En moins de temps qu'il n'en faut pour le dire on se retrouva auprès de Salsa.

- On attend les garde-côtes ou on commence à déblayer pour gagner du temps.
- J'allais justement m'y mettre avec mes compagnons, alors allons-y.

Le déblayage nous prit un temps fou. Quelque temps après on finissait en poussant les derniers morceaux de gravas sur le bas-côté.

- Voilà une bonne chose de faite, n'est-ce pas les amies ?
- Oui ça s'est sûr, reprirent en chœur les filles.

L'explosion des armes avait bouché l'entrée, mais comme le matériel était entreposé près de la paroi, la dynamite en éclatant avait mis à jour une vieille mine abandonnée. Une fois la surprise passée je pris la parole :

– *Vous avez vu, l'explosion a fait une brèche dans la paroi, allons-y pour voir ce qu'il y a derrière !*

– *Eh minute papillon !!*

– *Oui j'en conviens Mag, vitesse et précipitation ne vont pas ensemble. Ça serait plus prudent d'aller chercher la grosse lampe torche.*

– *Très bien, très bien, on va tirer à la Courtepaille.*

3 bouts de bois plus loin

– *Pas de bol Mag, c'est toi qui t'y colles avec un peu de chance tu reverras ton beau capitaine et tu pourras le ramener ici avec ses hommes.*

– *Ça marche, j'y cours, j'y vole...*

Mag venait à peine de partir que je ressentis un courant d'air glacial comme si un être invisible passait à travers moi. La même sensation que j'avais perçue dans l'auberge, il y a quelques temps, j'en étais convaincu. Puis une forme fantomatique apparut et commença à nous parler.

– *Bonjour jeunes gens… !*

– *Hello señor … señor*
– *Excuse-moi de te couper, mais avec qui parles-tu ?*
– *Oui excuse-moi Salsa, ça peut surprendre mais je parle avec un fantôme.*
– *Tu es tombé sur la tête ? Un fantôme !!*
– *Oui Salsa on parle bien d'un être qui est mort mais qui n'a pas pu finir certaines choses ou les accomplir dans sa vie avant de mourir.*
– *Ah très bien, continue alors ! Comme je ne le voyais pas j'ai cru que tu parlais tout seul.*
– *Tu ne le vois pas parce que tu n'y crois pas. Change ton point de vue et tu pourras le voir.*

– *Tu es sûr, parce que là c'est quand même farfelu de parler avec un revenant.*

– *Bien sûr que j'en suis certain Salsa. Il faut vraiment que tu y croies très fort. Mais si tu ne te sens pas je ferai la conversation pour deux.*

– *Voilà ! on va faire comme ça.*

– *Excusez-moi señor ...*

– *Señor Montigny Miguel. Qu'est-ce qu'elle a votre amie ?*

– *Elle n'a rien. Vous comprenez, elle est juste un peu réfractaire aux apparitions fantomatiques.*

– *Oui, je comprends qu'elle n'a pas de mots pour expliquer l'inexplicable.*

Toute cette situation était trop pour elle.

– *Tu me diras ce qu'il en est, je retourne à ma cabane.*

– *Avant que tu t'en ailles il faut que je te dise qu'on a pu arrêter ton grand-père. Il va être déféré et les garde-côtes vont revenir pour acheminer tout le matériel, enfin ce qu'il en reste.*

— *Alors je vais plutôt rejoindre le bateau pour attendre les garde-côtes et leur indiquer qu'ils ont deux prisonniers de plus et qu'il faut les remonter avec un treuil ou quelque chose car ils se sont blessés quand ils sont tombés dans mon piège.*

— *Génial, parfait, à tout à l'heure.*

Pendant que Salsa allait rejoindre les Frères Thomas, Magalie revenait avec la lampe torche.

— *Je te présente señor Montigny Miguel le boucanier.*

— *Enchanté señor ....*

Ce dernier lui coupa alors la parole :

— *Oui je sais ce que vous allez dire, vous êtes Magalie Reynolds et Jean-Benoît Jackson les aventuriers du bout du monde.*

– Hein ! quoi ! Comment savez-vous nos noms ?

– Tout simplement parce que ça fait un moment que je vous suis.

– Ah mais c'était vous dans le couloir ce ressenti de froid comme tout à l'heure.

– Oui à l'auberge je n'ai pas osé me métamorphoser comme je viens de le faire il y a quelques instants.

– Vous savez on ne pourra pas vous sauver intervint Mag

– Señorita détrompez-vous: ma dépouille est juste derrière ce mur. Votre amie Salsa, en voulant contrarier les plans du chef de cette île va permettre de trouver mon trésor le plus précieux. S'il n'y avait pas eu cette brèche et si vous ne vous étiez pas mis en tête d'enrayer les plans de ce malfrat, personne n'aurait retrouvé mon corps pour l'enterrer dignement.

– Mais vous avez laissé des indices quand même ?

– *Oui j'ai laissé le manuscrit à mon fils pour qu'il puisse le cacher là où vous l'avez trouvé car moi-même j'ai dû fuir les autorités de l'époque en 1890 et j'ai atterri sur cette île pour m'y cacher.*

– *Et puis il y a votre journal intime ou vous racontez un peu vos mésaventures, où vous parlez justement de votre passion pour la botanique et de votre acharnement à collectionner les graines les plus rares du monde entier. Qu'est ce qui s'est passé pour que vous vous retrouviez dans cette situation ?*

– *C'est une longue histoire mais pour vous la faire courte, j'ai été rattrapé par mon passé de boucanier, de pirate si vous préférez. Mais vous l'avez trouvé où mon journal ?*

– *On l'a trouvé dans le repaire de monsieur Alexandro.*

– *Ah mais c'est pour ça qu'on a trouvé le reste dans le coffre ! Il n'a pas eu le temps* de tout prendre, on a dû lui faire peur avec Benji s'exclama Magalie.

– Si j'avais encore mon téléphone portable j'aurais pu envoyer un message à Susan pour qu'elle lui demande des explications, mais bon, on verra ça plus tard quand on reviendra sur l'autre rive.

– A moins qu'on...

– Mais oui, tu as raison, on n'a pas besoin de téléphone quand on a une radio à bord du bateau de nos amis les frères Thomas. C'est ça que tu voulais dire Mag ?

– Oui mes félicitations, tu m'ôtes les mots de la bouche. Mais ça veut dire que je suis bonne pour faire un autre aller-retour pour aller la prévenir.

– Beau capitaine ... mais si tu préfères la grotte avec toutes les petites ...

– Bêtes !!! Non ça va aller, t'inquiète je suis volontaire.

– Je me disais aussi. Merci pour la lampe.

Pendant que je rentrais dans la vieille mine abandonnée avec le señor Montigny, Magalie suivait les pulsations de son cœur à l'idée de retrouver le señor Hernandez.

*____*____*____*____*____*

CHAPITRE 35

SR. MONTIGNY

– Maintenant que nous sommes seuls dites-moi ce qui s'est passé si ce n'est pas trop douloureux pour vous.

– Je me doutais que vous n'alliez pas en rester là. Non, mais c'est un peu contrariant car je me suis laissé piéger comme un débutant. Quand vous êtes un collectionneur acharné comme je l'étais, vous êtes prêt à mettre certaines sommes en jeu pour acquérir le Graal des plantes les plus rares. En effet, j'ai fait confiance à une personne qui m'a arnaqué et je devais de l'argent à des individus non recommandables. Du coup comme ils ont vu que ma tête était mise à prix ils se sont dit que s'ils me capturaient, ils pourraient toucher la récompense pour se rembourser. Mais manque de chance pour eux ils n'ont pas pu me capturer car sur cette île si on ne fait pas attention on peut se retrouver piégé sans pouvoir ressortir. C'est ainsi qu'en voulant leur échapper j'ai trébuché *sur une racine et j'ai basculé dans cette grotte. Bien sûr en tombant je me suis cogné la tête et j'ai perdu connaissance. Ils ont supposé que j'étais mort. Ils étaient furieux après moi car ils se rendaient compte qu'ils venaient de perdre la prime de ma capture.*

— *Ils auraient dû descendre pour vérifier, au lieu de ça ils vous ont laissé mourir dans ce trou ?*

— *Ils ont même fait pire ils ont bouché l'entrée pour éviter que je remonte.*

— *Ils sont stupides à moins que…*

— *Qu'ils aient trouvé mon stock de plantes. C'est ce que vous voulez dire ? Malheureusement je pense pareil. La rançon une fois empochée ne couvrait pas la totalité de la somme que je leur devais. Cependant s'ils vendaient à d'autres collectionneurs ma collection il y en avait pour une vraie fortune.*

- *Du coup je ne peux pas vous enterrer tout de suite si vous voulez qu'on aille vérifier.*
- *Vérifier quoi ?*
- *Vous êtes là ! Mag tu aurais pu t'annoncer quand même !! vous m'avez fait peur.*
- *Oui désolée ! il faut vérifier quoi ?*
- *Que le trésor du señor Montigny est toujours sur cette île. Mais on est arrivé à la même conclusion que sûrement son stock de plantes avait été volé et qu'il n'y a plus rien ici. Señor Montigny c'est à vous de décider !*
- *Pour moi cela a peu d'importance car ça fait longtemps que j'ai trépassé mais si vous en avez les moyens ce serait intéressant de savoir et d'en faire don à un musée.*
- *Magalie et moi on n'a pas les ressources nécessaires mais l'armée oui. N'est-ce pas señor Hernandez ?*
- *Je confirme on a plus de moyens que nos deux aventuriers.*

– *Señor Hernandez, par le plus grand des hasards, voyez-vous le revenant questionna Salsa ?*

– *Oui Mademoiselle, j'ai l'esprit ouvert !*

– *Ah très bien, je vous attends dehors alors.*

– *Ne faites pas attention ça lui passera elle n'est pas branchée surnaturel.*

– *Qui ne le serait pas ? Ce n'est pas tous les jours qu'on assiste à ce genre d'évènements.*

– *Oui, comme vous dites mais pour nous, Magalie et moi, ce n'est pas la première fois. Et je l'avoue la première fois ça nous a surpris. Bien revenons à nos moutons. Señor Hernandez peut-on vous laisser régler cette histoire ?*

– *Oui, bien sûr. Mais vous comptez aller où ?*

– *Eh bien, comme notre mission est terminée ici, et comme on vous a refilé le bébé, il faut qu'on soutienne notre amie et qu'on la ramène sur le continent pour qu'elle voit sa* mère et qu'on assiste au mariage de Susan et de son adjoint.

- C'est bien ça mais il faudra demander à votre amie qu'elle témoigne contre son patron. Et puis il faut qu'on libère les deux acolytes.

- On se reverra au mariage señor Hernandez, questionna Magalie ?

- Oui je pense venir, ça me fera un moment de détente. On vient de boucler une grosse affaire.

- Super, à plus tard !

- Sr Montigny, une fois que nous aurons trouvé ou pas votre trésor on vous donnera une sépulture, je vous en fais la promesse et pas une promesse de gascon.

- Merci pour votre aide à tous, je suis content de vous avoir rencontrés.

- Avec Magalie, je partage ce sentiment.

Une fois la conversation terminée, on retrouva notre amie Salsa à l'extérieur.

*____*____*____*____*____*

CHAPITRE 36

LA TRAVERSÉE

--*-*

- *Allez viens, on va prendre un peu de hauteur pour admirer le beau paysage de ton île, du point de vue de ta cabane, on sera plus tranquille pour parler, commenta Magalie.*

- *Volontiers, j'étais un peu oppressée là-bas avec cette forme translucide et irréelle.*

- *Ne t'inquiète pas on comprend. Moi-même je n'en menais pas large la première fois, continua Magalie.*

- *Ça c'est sûr je confirme, ne te prends pas la tête avec ça.*

Un moment après....

- *Allez-y prenez place, vous m'avez donné l'énergie qui me manquait ces derniers temps, merci à vous deux. Je vous écoute !*

- *Je ne sais pas si tu l'as compris ou si tes sentinelles te l'ont dit ? Tu es seule dorénavant avec tes singes hurleurs sur cette île. Nous avons enfin arrêté ton* grand-père alias Alexandro. On lui a tendu un piège sur le bateau des frères Thomas

– Tu m'en diras tant Magalie, je suis ravie de cette opération, cependant il va falloir que je témoigne à son procès enfin je le suppose.

– Oui tu supposes bien, le chef des garde-côtes nous a demandé de t'en parler.

– Ce qui veut dire que je dois retourner sur le continent...

– Avec Magalie on souhaiterait que tu nous accompagnes pour voir ta mère par exemple et assister au mariage de Susan.

La négociation fut rude, mais on a fini par la convaincre et avec la nouvelle courroie que les garde-côtes avaient rapportée aux frères Thomas la navigation était de nouveau possible.

Dans la cabine sur le bateau

– *Ta mère va être surprise et tellement heureuse de te voir.*

– *Oui je sais que ça va lui faire un choc après toutes ces années.*

– *On va peut-être préparer ta maman en lui annonçant la nouvelle en douceur. Tu en penses quoi ? questionna Magalie*

– *Pourquoi vous voulez préparer maman ?*

– *Je ne sais pas si tu es au courant mais ta maman te croit disparue en mer.*

– *Ah oui effectivement je ne savais pas, pourtant j'ai envoyé un courrier par le biais de mon chef ou mon grand-père comme vous me l'avez appris.*

– *Attends, je reviens. Je vais demander par radio qu'on fouille le repaire d'Alexandro, comme ça on sera fixés.*

– *Mais maintenant cela a peu d'importance vu que je vais la voir.*

– T'inquiète, laisse-la faire, elle va parler avec son beau capitaine, n'est-ce pas Mag ?

– Je ne vois pas de quoi tu parles

– Désolé, je plaisante. Reviens, j'ai les mêmes à la maison…. Reste avec nous.

– Je suis morte de rire

Sur ce Mag se carapata à la surface suivie de mon chien qui voulait prendre le frais lui aussi.

Environ dix minutes plus tard Magalie revint nous voir avec une triste mine.

– Eh bien t'en fais une tête, on attend le résultat des courses, ça s'est mal passé ou quoi ?

– Ça s'est très bien passé, je vous fais marcher, il nous tiendra au courant de ses recherches.

– *Ah, effectivement, tu nous as bien eus. On s'est fait avoir comme des bleus hein Salsa ?*

– *Oui j'ai été aussi surprise par ta réaction. Je ne pensais pas que le beau capitaine te faisait autant d'effet. Mais ne t'inquiète pas je comprends, il a un certain charme.*

– *Ah génial, tu ne vas pas t'y mettre toi aussi.*

– *Très bien, très bien on arrête de te charrier et si on remontait pour respirer l'air pur du large ...*

– *Yes, allons-y, reprirent en chœur les filles.*

– *Ah vous voilà, vous êtes remontés juste à temps, on va bientôt débarquer. Profitez des derniers instants en mer.*

– *Merci Clément, c'est justement ce que j'ai proposé aux filles.*

Après ces propos, je dirigeai mon regard sur l'horizon et aperçus la jetée où les vagues se projetaient allègrement et repartaient comme si de rien n'était. Dix minutes plus tard nous débarquions sous un soleil radieux.

*____*____*____*____*____*

CHAPITRE 37

MARIAGE DE SUSAN

*_*_*_*

– Après nos mésaventures sur "l'île de la Dague" nous avons bien le droit de boire un remontant chez Arthur.

– Oui ça peut être sympa, mais tout d'abord il faut qu'on se rafraîchisse le coin du museau et qu'on se change. Après notre périple sur l'île on est un peu crasseux quand même.

– C'est bien vrai, Salsa et moi confirmons les paroles de JB. Merci on vous retrouve dans une demi-heure.

Tandis que les frères Thomas prenaient la direction du bar d'Arthur, nous mettions les pieds dans l'auberge et nous dirigions vers le comptoir de l'accueil.

– Ah vous voilà enfin, bien le bonjour à vous deux, mais oui Benji je suis ravie de te revoir aussi. Ça fait juste 5 jours que je ne vous ai pas vus et cela fait plaisir de vous revoir.

– *Oui, bien le bonjour à toi aussi Susan nous sommes contents de te revoir s'exclamèrent ensemble nos deux aventuriers*

– *Nous voulons te présenter Salsa alias Dopavani Léandra la fille de Maria Phips.*

Après quelques instants de réflexion

– *Oui, j'ai entendu que tu avais disparu en mer. Je suis contente de faire ta connaissance. Je peux mettre un visage sur "La disparue ", depuis le temps que ta mère espérait ce miracle.*

– *Vous ...*

– *On peut se tutoyer si ça te va ?*

– *Oui bien sûr, tu la connais bien ma mère ?*

– *Malheureusement je ne travaille ici que depuis quelques mois seulement...*

Susan nous regarda furtivement et on lui fit signe de poursuivre.

– *Car je suis officier de police sous couverture dans cette auberge. Si je t'avais rencontrée il y a deux semaines je t'aurais dit motus et bouche cousue c'est un secret. Mais maintenant tout va bien, je suis sur le point de me marier dans quelques heures avec mon coéquipier qui m'a sauvé la vie plus d'une fois. Mais je parle, je parle, tu veux peut-être une chambre pour te rafraichir ?*

– *Yes ! ça ne sera pas du luxe je te remercie.*

– *Pas de soucis, voici la clé, je m'arrangerai plus tard avec la patronne. Bienvenue chez toi. Je dois vous laisser, il est l'heure que je me prépare. On fait la cérémonie et la fête chez Arthur, alors je vous verrai tout à l'heure.*

– *Génial toutes mes félicitations, bien sûr on se retrouve tout à l'heure pour les réjouissances.*

Sur ces bonnes paroles Salsa prit la clé sur le comptoir et on se dirigea vers nos chambres. Comme la clé avait un numéro attaché une ficelle rouge on trouva la chambre de Salsa assez rapidement. Elle était à droite de la nôtre et on lui indiqua que la porte d'en face était la salle de bain commune de l'étage avec une baignoire pour pouvoir se relaxer car dans nos chambres nous n'avions qu'un lavabo et une douche. Puis avant que Salsa rentre dans ses quartiers on lui donna des affaires de rechange car Léandra « maintenant on peut l'appeler ainsi » faisait à quelque chose près la même taille que Mag.

Finalement la demi-heure se poursuivit par une heure de préparation et on se retrouva tous dans le hall de l'auberge, fin prêts pour la « méga bouga teuf » comme dirait Scooby-Doo.

A l'instant où on mit les pieds dans le bar Los Amigos, toutes les personnes présentes se retournèrent à la vue de la gracieuse Léandra. On ne fit pas attention au regard et on se dirigea directement vers Arthur et sa « sûrement » compagne.

> – Ha, ha ! ha ! vous avez survécu à votre séjour sur l'île de la Dague !!! Quel bonheur de vous revoir tous les deux. Mais qui est cette jeune personne qui vous accompagne ?
>
> – Voici Léandra la fille de Maria.
>
> – Eh bien mes aïeux pour une surprise c'est une surprise. Bienvenue dans ton village à San Lorenzo.
>
> – Sur mon île je m'appelais Princesse Salsa, mais je suppose qu'il faut que je m'habitue à ce que l'on m'appelle Léandra.
>
> – Je vous présente Coralia Ramos ma sœur qui s'est mariée l'année dernière.
>
> – Bonsoir à vous, oh quel joli chien.
>
> – Benji, Benji non, ne touche pas les toasts, viens dire bonjour à Coralia.

A regret mon chien rappliqua et présenta ses hommages à Coralia comme il se doit avec un grand coup de langue sur la main et posa par la suite ses pattes sur ses épaules.

> *— Doucement mon beau, je suis ravie de te connaitre.*

Benji tourna la tête pour me regarder et en une fraction de seconde, il comprit qu'il devait redescendre et vint s'assoir à mes côtés.

> *— Désolé mon grand, oui je sais tu voulais juste montrer ton affection à Coralia. De plus tu as fait ce que je t'ai demandé.*

Nous en étions là de notre réflexion quand on s'aperçut que quelqu'un nous observait. C'était Maria qui venait de rentrer dans le bar.

> – *Bonsoir à vous les jeunes, heureuse de vous revoir sur la terre ferme…*

Maria pris un air surpris, déglutit avec difficulté et se mit presque à crier :

> – *Mais c'est ma fille …*

Ses paroles suivantes s'étranglèrent en sanglots et elle finit par prendre sa fille dans ses bras. Les retrouvailles Mère fille terminées, Arthur nous donna des instructions pour préparer les tables et les décorations. Entre temps la fille prodigue et Maria se promirent de se retrouver un peu plus tard pour se raconter leur vie respective. Les préparatifs du mariage nous prirent un certain temps et arriva enfin le moment où le maire de San Lorenzo fit son entrée. Sr Couraya Alfonso avait bien voulu marier nos amis à la dernière minute. Heureusement que nous n'avions pas compté sur le Sr Westwood car celui-ci était en garde à vue et allait être déféré à la prison de Salvatierra en attendant son procès qui devrait durer des semaines. Puis le marié fit son entrée et enfin la mariée avança au bras de son père vers son futur mari, mais le Señor Dunlop en question laissa Susan faire les derniers pas et alla rejoindre sa place auprès des invités. La cérémonie se déroula sans encombre et le maire prononça les dernières paroles qui allaient conclure la célébration des deux amoureux.

– *Madame Dunlop voulez-vous prendre pour époux Monsieur Windo ici présent ?*

– *Oui je le veux.*

– *Monsieur Windo voulez-vous prendre Madame Dunlop pour épouse ici présente ?*

– *Oui je le veux.*

En même temps que le couple se disait oui, les témoins donnèrent les alliances aux mariés pour sceller leur amour. Puis tous les invités crièrent vive les mariés, vive les mariés. Le début de soirée commençait très bien. Un moment après Maria prit la parole :

> – *Je suis très heureuse d'avoir retrouvé ma fille après toutes ces années et si vous permettez je vais vous raconter un peu l'histoire de mon pays !*
> – *Avec plaisir on est tout ouïe s'exclama l'assemblée.*

Et c'est ainsi qu'on prit place en disposant les chaises en arc de cercle. Puis notre historienne à ses temps perdus sortit de sa poche une lettre qui contenait un court extrait des recherches de son arrière-grand-père qu'elle avait retrouvée dans ses archives. C'est comme ça qu'était née sa vocation pour les recherches historiques.

> – *Ma chère petite fille voici un résumé de ce qui s'est passé lors de ma naissance jusqu'à la fin de ma vie. En 1830, la Constitution est enfin proclamée, faisant*

du Mexique une république fédérale. Mais les tensions politiques provoquèrent des conflits. La paix revint en 1846, à cette date tous les Mexicains ou presque se rangèrent derrière le dictateur Santa Anna. En 1848 le Mexique fut obligé d'abandonner la moitié de son territoire à cause de la signature d'un traité. Santa Anna fut renversé et les troubles internes reprirent. En 1861, la paix sembla revenir avec l'arrivée du nouveau président. En 1862, les soldats français débarquèrent chez nous et repartirent fin 1865 à la suite des pressions des États-Unis qui soutenaient Juarez. Il fut fusillé en 1867. En 1872, Lerdo fut élu président et mit en place des réformes démocratiques. (14)

Une fois le récit terminé Maria fit une pause et but une gorgée de son cocktail. Pendant ce temps tout le monde l'applaudissait. Une fois la partie historique terminée, on remit les chaises contre les murs pour dégager une piste de danse car Susan et

Fernando avaient fait venir un groupe de mariachis. Les mariés ne dérogèrent pas à la tradition, et ils se présentèrent sur la piste de danse pour ouvrir le bal sur une musique traditionnelle Mexicaine.

Les invités rejoignirent les mariés sur la piste de danse, chacun choisit un partenaire pour exécuter des danses endiablées. Le bal battait son plein quand soudain le beau capitaine apparut à l'entrée du bar et se dirigea vers Magalie.

> *– Bonsoir vous deux, veux tu m'accorder cette danse Mag ?*
> *– Bien volontiers .... Euh bonsoir Francisco !*

Le Señor Hernandez ne me laissa pas le temps de répondre que déjà il l'entraînait sur la piste de danse en lui prenant la main. La musique reprit et ils commencèrent à évoluer en suivant le son des guitares et des violons. Un moment après je partis les rejoindre avec Léandra à mon bras et on commença à tournicoter dans tous les sens. Puis j'interchangeai de partenaire avec Arthur qui dansait avec Coralia. C'est alors que les musiciens annoncèrent qu'ils voulaient faire une pause et on en profita pour se diriger vers le comptoir et demander à Arthur de nous faire une tournée de tequila. Maria nous rejoignit en nous disant :

— *Quelle fête mes aïeux, merci encore pour tout mes amis. Je vais enfin pouvoir dormir dans un bon lit et je vous retrouve demain matin au petit déjeuner.*

— *Pas de soucis Maria, rendez-vous pour faire le point vers dix heures. Ça te convient Francisco ? questionna mag*

— *Bien volontiers je serai là.*

Après une dernière tournée de tequila, chacun prit congé en se souhaitant une bonne fin de nuit. Les mariés et les invités dansèrent jusqu'au bout de la nuit.

14 – source internet

CHAPITRE 38

DÉBRIEFING

--*-*

La nuit fut courte, quand soudain quelqu'un tambourina à la porte en nous disant :

– *Debout là-dedans les marmottes, il est l'heure, préparez-vous, rassemblement dans cinq minutes.*

Oh la la quel réveil ! On répondit à Susan :

– *Pas de problème chef.*

Benji émit un grognement plaintif pour signaler qu'on l'avait réveillé car l'intervention de Susan l'avait coupé dans son beau rêve avec sa copine Kali. Pendant que Magalie regardait par la fenêtre, je passais vite fait bien fait à la salle d'eau. Le temps était un peu maussade et bien sûr le soleil n'était pas forcément de la partie. Une nouvelle journée commençait avec des ondes positives. Un moment après on pénétra dans la cuisine.

– *Ah ! enfin, voilà nos deux héros. Installez-vous un instant et prenez rapidement votre café, thé, croissant car nous avons rendez-vous dans dix minutes avec Arthur et Francisco pour faire le compte rendu de l'affaire de "l'Ile interdite".*

– *Youpi ! Je suis contente, merci pour la bonne nouvelle Susan, intervint Mag*

Tout le monde partagea la même sensation de gaieté et on se mit en route pour notre réunion au sommet. Sur le parcours on essuya un petit crachin qui nous accompagna jusqu'à notre rendez-vous. Avant d'entrer on s'époussseta les cheveux pour enlever le surplus d'humidité. Une fois rentrés, mon chien fonça vers Coralia. Arthur nous accueillit à bras ouverts. Il avait préparé deux tables bien décorées pour qu'on se sente comme à la maison. Bien sûr on retrouva Maria, Fernando et la fille prodigue Léandra. Quelques instants plus tard on entendit les chaises racler le sol et tout le monde prit place. Arthur nous servit des rafraîchissements. La pendule de grand-mère sonna dix heures et la réunion commença.

— *Bien le bonjour à vous toutes et tous, je suis heureux de vous accueillir dans mon bar en ces jours fastes de retrouvailles. Maria je te laisse la parole.*

— *Merci, mon cher cousin. Je vais vous donner des nouvelles de Cécilia et de Gladys. Elles sont incarcérées en parution immédiate pour une période d'au moins 60 ans avec une réduction de peine si elles se comportent bien. Je vais pourvoir aller voir ma petite fille au parloir la semaine prochaine. Donc je verrai si on peut lui trouver un avocat pour la sortir de là. Susan, je te passe le temps de parole.*

— *Fernando et Moi nous voulons tout d'abord vous remercier pour les préparatifs de notre mariage et pour être venus à notre soirée dansante.*

– Avec toutes les péripéties que nous avons essuyées, on ne voulait pas manquer votre mariage. C'est la meilleure chose qui nous soit arrivée depuis quelques jours n'est-ce pas Mag ?

– Je confirme sans hésiter une seule seconde. Nous avons passé un bon moment.

Susan reprit la parole

– Génial, avec Fernando nous sommes ravis. Je profite de cette réunion pour vous parler d'Alexandro et de Gladys. Notre équipe a fini d'éplucher les dossiers confisqués dans le mausolée et nous avons établi un lien entre eux deux. Nous pouvons prouver qu'ils faisaient bien du trafic d'alcool, tabac, armes à feu et de déchets toxiques. Alexandro est aussi incarcéré en attendant son procès avec des chefs d'inculpation assez lourds.

– Oui c'est déjà pas mal, mais tu peux lui rajouter le meurtre de son frère et intimidation dirent en même temps Mag et JB.

– Ah bien, bien, formidable, je disais assez lourds mais là c'est du très très lourd. Vous avez la preuve dont vous avez parlé à Francisco ? continua Susan

– Oui nous l'avons, je l'ai récupérée avant de venir. Eh oui, avant que tu ne poses la question, nous avons fait attention à nos empreintes.

Je tendis à Susan le sac plastique avec la balle à l'intérieur. En guise de réponse elle me gratifia d'un sourire, puis Francisco reprit le fil de la conversation :

– Pour ma part, je vais vous parler des investigations qui ont été menées sur l'île. Je peux vous dire que nous avons bien *retrouvé la collection de plantes bien cachée où il nous l'avait dit, mais nous avons pressenti que le Sr Montigny était un peu déçu en apprenant la nouvelle. En effet il s'est rendu compte que ses poursuivants n'ont même pas cherché le butin qui aurait pu les rendre riches. Mais nous savons avec certitude qu'il est parti en paix en sachant que sa collection n'était pas tombée aux mains des brigands et que son calvaire d'errance allait enfin prendre fin.*

Francisco allait poursuivre son récit, quand soudain la porte du bar s'ouvrit à la volée. On tourna tous la tête vers l'entrée pour savoir quel était le malotru qui nous dérangeait dans notre réunion. On fut soulagés de voir que c'étaient juste les Frères Thomas.

- *Bien le bonjour à vous toutes et tous, désolés pour notre entrée fracassante, proclama Paul*

- *Pas de soucis, je vous sers quelque chose ? intervint Arthur*

- *Oui ! nous voulons bien une Corona s'il te plaît.*

- *C'est comme si c'était fait, prenez place avec nous.*

- *Bien, où en étais-je ? Ah oui je vous parlais du Sr. Montigny. On lui a fait une sépulture à l'extérieur de la grotte avec un kern sur sa tombe. Il me reste à vous parler du repère d'Alexandro, grâce à toi Léandra on a pu trouver l'endroit sans difficulté. Dans sa tente il y avait une malle en fer de l'armée. Pas grand-chose d'intéressant qui pourrait nous servir pour son procès.*

Francisco fit une pause et but une gorgée de corona. Un moment après il reprit la parole :

– *Mes hommes sont allés dans ton repaire Léandra et ont trouvé un tas de pages blanches. Heureusement que tu nous avais prévenus que tu avais écrit à l'encre de citron. Grâce à toi on a pu les déchiffrer à la flamme d'une bougie, astucieux Léandra. Et puis j'allais oublier de vous parler des deux acolytes du Sr Westwood qui étaient toujours dans leur trou. On les a bien récupérés avec précaution.*

– *Juste deux questions Francisco ? D'une part, est-ce que vous avez trouvé mes lettres ? Et d'autre part, où en est ton équipe pour les fûts toxiques ? demanda Léandra*

– *Désolé, pour les lettres on n'a rien trouvé. Il a dû les brûler. Mais pour les produits chimiques, on les a acheminés par bateau et placés ensuite dans un camion de l'armée pour les conduire dans un centre de recyclage, situé à "Zapopan" près de Guadalajara. (15)*

- *Est-ce que vous avez regardé sur son bateau. Peut-être sont-elles cachées dans sa cabine ? Intervint Salsa*

- *Je m'excuse, mais je pense que la petite a raison, il y a un autre bateau à quai. Il faut qu'on aille y jeter un coup d'œil, intervint Jean Louis.*

- *Parfait, merci, j'envoie un message à mes hommes pour qu'ils aillent regarder. Et puis comme on a récupéré l'arme de Sr Alexandro on pourra comparer la balle qui est dans le chargeur avec celle que vous m'avez transmise tout à l'heure, continua Francisco.*

- *Euh, Francisco à ce propos, tu n'as pas trouvé deux téléphones portables dans la malle d'Alexandro ? Car lors de la première rencontre avec ce monsieur, il nous a confisqué les nôtres.*

- *Euh, non, désolé nous n'avons rien trouvé...*

Un petit cliquetis lui coupa la parole. Un instant après il regarda son téléphone.

- *Pas de soucis Léandra mon équipe a bien trouvé les lettres que tu as écrites pour prévenir ta Maman que tu étais en vie. Ils les ont trouvées derrière une rangée de livres dans sa cabine.*
- *Ah le chacal, comptez sur moi pour le charger à son procès et avec mes écrits et tout le reste, il va prendre la perpétuité, commenta Léandra.*
- *Même si c'est mon père, Il va me le payer très cher continua Maria.*
- *Du calme Mesdames, on verra ça en temps voulu. Eh oui, avant que vous ne posiez la question, mes hommes avaient un mandat délivré en express.*

15 – source internet

CHAPITRE 39

RETOUR EN FRANCE

Tout le monde se tourna vers nous en nous demandant ce qu'on allait faire de tout ce temps maintenant que l'enquête était bouclée :

- *Eh bien, on va rester un ou deux jours pour profiter et savourer nos vacances bien méritées...*
- *Eh oui JB je dirais même plus, il sera temps de rentrer chez nous et de reprendre nos vies là où on les a laissées avant de débarquer ici et de vivre une très bonne aventure si inattendue.*
- *Et je rajouterais que nous avons eu la chance de vous rencontrer car c'est grâce à vous tous que nous avons pu vivre cette belle aventure.*

On s'exclama ensemble

- *Merci pour votre aide nos chers amis.*
- *Je parlerai au nom de tous, nous aussi nous sommes ravis de vous avoir*

rencontrés vous allez nous manquer, intervint Susan.

Puis tout le monde prit son verre en le levant bien haut et en disant « à la nôtre et à votre retour chez vous ». Trois jappements plus loin on sortit du bar bien contents du résultat de la réunion.

— *Dis-moi Susan après toutes ces péripéties, on voulait te poser une question. Tu comptes rester auprès de Maria un temps, ou tu retournes en infiltration tout de suite ?*

— *Oui JB je pense rester quelques temps avec Maria pour la soutenir et par la suite je retournerai au sein de mon service.*

Une fois les parlementations de dernières minutes terminées, on arriva devant l'auberge. Pendant que Susan prenait la direction des cuisines pour préparer le dernier repas « du condamné, mais non je plaisante » que nous passerions ensemble, on prit le chemin de notre chambre pour effectuer un dernier tour de piste et voir si nous n'avions rien oublié. Puis un temps après on retrouva toute la bande pour le déjeuner dans la grande salle de l'auberge. Mais avant ça nous sommes passés à l'accueil pour laisser nos remarques dans le livre d'or et déposer la clé de notre chambre sur le comptoir.

– *Avant tout merci pour le repas et une dernière question avant qu'on ne prenne le large pour l'aéroport. Qu'est devenu le cuistot attitré de l'auberge ?*

Susan répondit.

– *Après son opération il a dû aller se reposer dans sa famille et il reviendra prochainement. Comme je suis là encore quelques temps, je garde cette fonction en plus de l'accueil.*

– *C'est bien pour Maria, merci pour ces bonnes nouvelles. Nous sommes enfin prêts pour que tu nous conduises à l'aéroport s'il te plait.*

– *Vous avez de la chance, ma voiture vient tout juste de rentrer de réparation. Donnez-moi 5 mn et on décolle pour le petit aérodrome de Salvatierra. Vous prendrez un petit avion quatre places qui vous conduira au grand aéroport de Mexico Benito Juarez.*

– *Génial ...*

– *Je rajouterai, super Génial.*

Le temps passe si vite en bonne compagnie ! On prit quand même le temps de dire aurevoir à Maria et Léandra en leur disant :

– *Bonne chance à toutes les deux pour vos futures épreuves. D'abord pour le procès et ensuite pour toi Léandra le retour sur l'île avec ta deuxième famille.*

– Merci de m'avoir convaincue de revenir sur la terre ferme. Grâce à ça j'ai pu pardonner à maman et j'ai compris qu'elle n'était pour rien dans mon incarcération.

Quelques instants après on se reprenait dans les bras pour un dernier salut, en nous promettant de donner des nouvelles. Puis on monta dans la voiture de Susan avec Benji, qui était ravi de passer sa tête par la fenêtre en tirant la langue. En un éclair on se retrouva à l'aérodrome.

– Bonjour à tous je me présente Michelle, c'est moi qui vais vous conduire à l'aéroport de Mexico avec mon petit bimoteur.

– Michelle ... ?

– Oui Miss, je vous l'accorde pour une Mexicaine c'est bizarre mais je vais vous expliquer. J'ai des parents de nationalités différentes, ma mère est française et mon père est mexicain voilà pourquoi le prénom Michelle car ma Mère adorait les Beatles.

Sur ces entrefaites une personne sortit de l'avion en nous saluant :

- *Bien le bonjour à vous trois, je suis ravie de vous revoir. Je profite du transport pour me rendre à Mexico, vous n'y voyez aucune objection ?*
- *Pas du tout, nous sommes ravis de voyager en ta compagnie Coralia ...*
- *Comme vient de le dire JB on est vraiment ravis de cette surprise, n'est-ce pas Benji ?*

En guise de réponse Benji sauta dans le petit avion pour y prendre place avec deux jappements successifs.

- *Alors si tout le monde est d'accord, montez à bord. On décolle dans une minute intervint Michelle.*

Après une série d'accolades amicales avec Susan, on rejoignît nos camarades et Susan renferma la porte du cockpit en nous faisant bye, bye, de la main. Une seconde plus tard, le petit avion prenait son envol pour l'aéroport Benito Juarez. On profita du trajet à travers les nuages pour papoter avec Coralia. C'est ainsi qu'elle nous confia qu'elle travaillait dans une agence de publicité à Mexico, et qu'elle faisait souvent les allers-retours pour voir son frère. La première partie du voyage se passait bien quand soudain j'interrogeai Michelle sur un petit truc qui émettait un petit bip.

— *Euh Michelle pourquoi ce petit voyant rouge s'est mis à clignoter et à sonner ?*

— *Ne vous en faites pas. C'est juste que ça me signale qu'on a une perte de carburant. Soyez tranquilles, on va arriver dans 5 mn, ça va passer. Accrochez-vous, la météo est bonne, mais mettez quand même vos ceintures par prudence on ne sait jamais.*

–   Merci de ta franchise, c'est rassurant intervint Magalie

–   De rien Miss, je vous rassure ce n'est rien, une autre fois j'ai eu pire que ça on était en plein orage, il y avait des éclairs partout, c'était la vraie cata et même à un moment donné un éclair a touché l'aile donc je ne vous explique même pas. Mais heureusement, j'étais seule et je m'en suis sortie indemne. Alors ne vous tracassez pas.

Michelle venait à peine de finir sa petite histoire que le bip s'intensifia et on entendit un tu...tu ... tuf et tout d'un coup le moteur cala. En une fraction de secondes on se mit tous à crier :

–   Aaaaaaaaaaaaaaaaaaaaah

–   Allez foutu machin, tu vas voir ce que tu vas voir.

On vit Michelle taper sur le tableau de bord puis elle appuya sur le bouton pour relancer le moteur.

— *Tu vas démarrer oui !!!!!*

L'avion fit une chute vertigineuse et après quelques tentatives infructueuses pour relancer le moteur, il repartit comme si de rien n'était juste à temps pour atterrir.

— *Eh bien là on a vraiment eu chaud hein !! tout est bien qui finit bien.*
— *Ah ouais on s'en souviendra, n'est-ce pas JB et Magalie ?*
— *Pour sûr Coralia, on s'en rappellera de ce retour mouvementé... Mais merci à Michelle qui connait son appareil sur le bout des doigts sans ça on ne serait plus là pour en parler.*

On prit quelques temps pour nous remettre de nos émotions en commandant un remontant au bar de l'aéroport. On avait un peu de temps avant que notre avion décolle direction Paris.

Michelle insista pour nous offrir les consommations. On se dit au revoir en se disant à la prochaine. Une fois nos billets achetés, on prit place dans l'avion côté hublot pour Mag et moi juste à côté. Malheureusement Benji a dû aller dans une cage dans la soute à bagages pour le voyage du retour.

Après onze heures de voyage le vol AF 173 atterrit enfin à Paris Roissy Charles de Gaulle. Vers 20h. Bien dix minutes plus tard on récupéra Benji. Il en profita pour nous faire la fête.

> – *Mais oui moi aussi je suis content de te revoir.*

Une fois les bagages récupérés on sortit de l'aéroport en disant :

> – *Hep taxi*

Le taxi démarra et se positionna à notre hauteur, puis on ouvrit la porte du véhicule et on

s'engouffra dans l'habitacle en disant en refermant la porte :
- Quartier du Louvre s'il vous plait.
- Bien Monsieur, c'est parti.
- Vous allez passer par où ?
- Alors Mademoiselle je vais vous faire passer par : le Bourget, la Courneuve, le stade de France, porte de Clignancourt, le jardin des Champs Elysées et enfin le Louvre votre destination finale jeunes gens.
- Merci pour ce beau programme touristique.
- A votre service.

Quarante minutes plus tard on arriva dans le quartier du Louvre où Magalie allait prendre ses fonctions la semaine suivante en tant que conservatrice du musée. Cinq minutes après on réglait la course en disant au revoir au chauffeur.

- Ton appartement de fonction se trouve où exactement ?

– Pas très loin, on peut y aller à pied on traverse la rue Georges Pompidou pour se retrouver sur le quai François Mitterrand. Voilà nous y sommes, c'est au deuxième étage.

On rentra dans le hall de l'immeuble et on emprunta les escaliers jusqu'à son logement de fonction.

– Waouh ma chère, c'est classe.
– Merci, on mange un bout et on fait ton lit dans la chambre d'amis.
– Pas de problème, ça me va. N'est-ce pas Benji.

En une seconde il partit droit vers la cuisine et une fois arrivé il donna de la voix pour nous faire comprendre qu'il était impatient de casser la croute, comme nous d'ailleurs.
On put enfin étendre nos côtelettes sur nos lits respectifs.

Quelque temps après on fermait nos yeux pour sombrer dans un repos réparateur. Le jour se levait quand j'ouvris un œil en émettant un bâillement sonore. Pendant ce temps mon chien s'étira et sauta du lit.

– *Hello Mag, bien dormi ?*
– *Yes, ça fait du bien ces quelques heures de sommeil. Tu es prêt ? On décolle dans 20 mn pour que je t'emmène à la gare.*
– *Bien sûr, donne-moi 5 mn. Le train part à dix heures et il est ....*
– *Huit heures quarante cinq.*
– *Parfait on est dans les temps.*

A neuf heures et des poussières on ferma la porte de son appartement puis on se dirigea vers sa voiture. Vingt minutes plus tard je prenais place dans le train avec Benji à mes cotés, mais avant ça j'avais dû lui mettre une muselière et une laisse pour qu'il puisse voyager en tout sécurité. Mag était montée avec moi pour qu'on puisse se dire au revoir, notre étreinte dura une minute ou deux et elle redescendit avant que le train ne parte. Deux heures trente plus tard je descendis avec Benji du train qui était arrivé en gare de Lyon Part Dieu avec 20 mn de retard. Quelque temps après je mettais la clé dans la serrure de mon propre appartement. J'étais encore dans les cartons car j'avais dû déménager à cause de mon futur boulot. J'avais à peine mis les pieds sur mon repose pieds, devant le canapé, qu'on frappa à la porte. Je me levai pour aller ouvrir avec mon chien sur la défensive.

– *Bonjour Mr Jackson nous sommes envoyés par vos commanditaires qui vous ont appelé au téléphone. Nous sommes venus pour vous payer et réclamer nos dûs.*

– *Vous avez un papier qui prouve vos dire ?*

– *Non, mais ceci devrait vous prouver notre bonne foi.*

Il me présenta un attaché-case en me disant que moi seul connaissait le code pour ouvrir la mallette et que j'avais dû le recevoir par sms. À ces mots je pris un air qui ne laissait aucune place au doute et je répondis :

— Bien, bien, donnez-moi la mallette je vais faire le code. Attendez-moi là !

Sur ces paroles je pris l'attaché-case en refermant la porte derrière moi, en jurant après Monsieur Alexandro qui nous avait confisqué nos portables. Un moment après je pris mon téléphone fixe pour appeler Mag en espérant qu'elle aurait une meilleure mémoire que moi.

— Allo Mag ouf ! tu es là ... !
— Tu es bien rentré ? ...
— Oui et Benji te dit merci, mais j'ai une question à te poser, est-ce que tu te souviens du code de la mallette que je

t'avais montré sur le SMS que j'avais reçu ?

– *Tu as de la chance que je m'en souvienne, essaye le dix-neuf zéro cinq !*

– *Yes, merci ma veille tu me sauves la vie.*

– *Pas de soucis, à ton service JB. On se rappelle pour prendre des nouvelles. Passe une bonne soirée avec Benji.*

– *Merci Mag toi aussi et à bientôt de vive voix.*

– *Yes, prends soin de toi !*

Sur ce on raccrocha en même temps. Puis je passai vite fait bien fait dans mon bureau pour prendre les deux ou trois choses que j'avais ramenées de mes précédents voyages et je retournai vers la porte d'entrée.

– *Voilà Messieurs, je vous donne ceci en échange et je ne vous dis pas à une prochaine fois car je démissionne. Voici ma lettre. Alors bonjour chez vous et à jamais....*

Et big, je leur claque la porte au nez en leur disant :

— Je vais devenir détective privé, alors adieu.

Par acquis de conscience j'ai regardé par l'œil de la porte pour vérifier s'ils étaient toujours là. Mais apparemment ça avait dû les satisfaire et ils ont décampé. Bon débarras ! Je vais pouvoir me concentrer sur mon concours et m'attaquer à la rénovation de mon appartement. Heureusement que je me suis bien gardé de leur donner ma petite statuette avec les petites pierres précieuses !! Comme il n'était pas tard je me mis en tenue de travailleur et commençai à décoller de la tapisserie. Pour finir mon mur je devais déplacer une petite armoire et bizarrement derrière, au milieu du pan de mur, je trouvai une petite bosse. Dix minutes plus tard, je mis à jour une porte ...

Et voilà mes chers lecteurs et lectrices je vous dis à très vite pour de nouvelles aventures.

--------*----*----*----*

LES CHAPITRES

--*-*

--------*----*----*----*

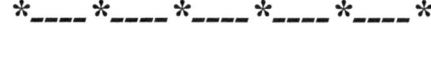

REMERCIEMENTS

Je remercie ma famille, mes amis et tous mes lecteurs qui m'ont encouragé à poursuivre mon œuvre. À ma mère ainsi qu'à Nathalie et Eliane qui ont corrigé ce 2e tome. A Audrey pour l'illustration de la couverture.

RESUME

D'UN HOMICIDE AU MUSEE

Vous allez nous retrouver dans une nouvelle aventure et cette fois-ci l'histoire va se passer à Paris. Je vous invite à nous suivre, Magalie, Benji et moi dans les dédales de Paris à la recherche de la vérité. Une intrigue passionnante vous attend très prochainement.

Loi n°49-956 du 16 juillet 1949 sur les publications
destinées à la jeunesse, modifiée par la loi n°2011-525 du
17 mai 2011.

© Jean Benoit Turc, 2024
Édition : BoD • Books on Demand GmbH, In de Tarpen 42,
22848 Norderstedt (Allemagne)
Impression : Libri Plureos GmbH, Friedensallee 273,
22763 Hamburg (Allemagne)
ISBN : 978-2-3225-3314-5
Dépôt légal : Octobre 2022

.